古怪國
不思議事件 ①
奇異雹的神奇力量

新雅文化事業有限公司
www.sunya.com.hk

目錄

奇奇怪怪
的天氣預報

　　我叫祈異，是奇異國馬路拐彎小學三年級向日葵班的學生。我喜歡寫日記，而且是長長、長長的日記，因為每天都會有那麼多好玩的事情發生，怎樣說都說不完！

　　今天，我在補寫昨天的日記，昨天發生了太多奇妙的事情，導致我連日記都沒顧得上寫。

　　從哪裏說起呢？就從昨天早上開始吧……

　　　*　　　　*　　　　*　　　　*　　　　*

　　「祈異！哎喲喂！祈異，你走慢點兒，等等我啊！」今天我一出門，就聽到身後有人在喊我。伴隨着喊聲的，是一陣敲大鼓一樣「咚咚咚咚」的腳步聲。

　　根本不用回頭，我就知道後面追過來的人是誰。

　　「祈怪，你快點兒，來不及吃早餐了。」我停下腳

步，耐心地等着他氣喘吁吁地跑過來。

　　他叫祈怪，是我的鄰居兼同班同學。我們是特別要好的朋友，還是同桌，大家都叫我們「怪異組合」。其實我倆才不怪異呢，只不過我們兩個的形象有那麼一點兒，呃，一點點差異而已。

　　我們一個瘦得像手指餅乾，一個胖得像圓麵包圈；一個高得像長頸鹿，一個矮得像土撥鼠；一個眼睛大如貓咪眼，一個眼睛小似蝙蝠眼。當然，前面那些說的都是我。而祈怪當然就是矮矮胖胖眼睛小、走起路來像蝸牛的這位同學啦！

　　要說跟祈怪一起走路，還真是件需要耐性的事。

　　首先，我得按捺住自己想要奔跑的心情，把速度至少放慢四分之三拍。然後，因為速度慢下來，雙腳自然變得不那麼協調，我只好在大街上表演起慢動作的太空步。

　　太空步最累人了，當然，也不是完全沒有好處，比如上次的全校太空舞步大賽中，我就輕輕鬆鬆地拿了一等獎！感謝我的朋友祈怪，讓我體會到抱獎盃的感覺。

　　啊，跑題了，還是快點拐回來吧。

　　今天早上，我和祈怪勝利「會師」後，來到了離我們

家不遠的「今天肯定有好心情早餐店」。

這間早餐店一直是我們心目中早餐店排行榜的NO.1！就像它的名字一樣，每次在這裏吃過早餐後，心情真的會一下子變成一百分。

走進早餐店，我們看都沒看一眼菜單，就駕輕就熟地開始點餐。

「請給我來一小碗奇異果粥，謝謝！」我對迎過來的圓滾滾老闆說。

祈怪馬上補充道：「謝謝，我要大碗奇異果奶！」

「沒問題！」圓滾滾老闆轉身回了廚房，一分鐘後，五顏六色的奇異果粥和奇異果奶就上了桌。

「呼——呼——」我舀起一勺粥吹了吹，小心翼翼地吃了一口，臉上露出了幸福的表情。一句「好吃」還沒說出口，我的耳邊突然傳來一陣刺耳的「吱吱」聲。

早餐店裏原本正播放新聞的收音機，信號忽然中斷，就像背誦古詩忘記了下一句似的，好半天才又重新響起來。

「現在播送天氣預報！今天白天，本市西北地區東南部偏北方將有奇異雹降落⋯⋯」

「噗！」要不是我反應快，及時用紙巾捂住了嘴，我剛喝進去的那口粥就噴到祈怪的臉上了。

「這什麼繞口令地區啊？居然要下什麼奇異雹？」我擦了擦嘴，感歎道，「這種天氣也太奇異了吧？」

「奇異雹？咕咚咕咚，那是什麼？咕咚咕咚，沒聽説過！」祈怪喝着奶問我，他也從沒聽説過這個名詞。

「誰知道呢！」我又舀了一大口粥放進嘴裏，慢條斯理地嚼着奇異果粥裏酸酸甜甜的果肉，含糊不清地説，「大概是那些氣象學家給冰雹隨便起的一個名字吧。他們總愛給一些天氣現象起名字，比如什麼玉兔颱風、龍王暴雨之類的。」

「哦？奇異雹就只是冰雹的名字而已嗎？」祈怪撓撓腦袋，對我的話半信半疑。他覺得事情沒我説得這麼簡單，那個「奇異雹」一定大有文章。

於是，在圓滾滾老闆端着剛收拾好的空盤子路過我們身邊時，祈怪一下抓住了他的圍裙，強迫他在我們旁邊「剎了車」。這個突然襲擊，害得圓滾滾老闆手裏的盤子差點像飛碟一樣飛出去。

對着圓滾滾老闆那馬上要噴火的目光，祈怪趕快滿臉

堆笑地道歉：「對不起，一百萬個對不起啦！圓滾滾叔叔別生氣，我只是想請教問題，您見過奇異雹嗎？」

「什麼薄？」圓滾滾老闆不耐煩地問，「什麼厚？什麼薄？」

見他聽錯了，我連忙補充一句：「不是啦，我問的是奇異雹！」

「什麼奇異雹？」圓滾滾老闆的眼睛瞪得像橙子一樣圓，他顯然覺得我們在拿他開玩笑。

我連忙指着收音機解釋説：「就是剛才天氣預報裏説的那個奇異雹啊！」

「天氣預報？」圓滾滾老闆的臉上露出莫名其妙的表情。他一手端着盤子，一手空出來摸了摸下巴，「剛才收音機不是一直在播新聞嗎？哪有什麼天氣預報啊，你們是不是聽錯了？」

不可能！如果我一個人聽錯還情有可原，但我和祈怪兩個人都聽到了，難道我們長着同一副耳朵嗎？

「一定是圓滾滾老闆為了更專心地做早餐，臨時關閉了耳朵。」祈怪探過頭來，小聲對我説。

圓滾滾老闆端着盤子離開了，他邊走邊責備我們：

「你們兩個還有時間胡思亂想呢！再不趕快吃完早餐，上學就要遲到了！」

對呀，還要上學呢！我和祈怪回頭看了一眼牆上的掛鐘，糟了，已經這麼晚了！

我們再也顧不上說話，稀哩呼嚕地把早餐倒進嘴裏，抓起書包一溜煙跑出了「今天肯定有好心情早餐店」，直奔學校！

聽外婆講
過去的故事

為了不遲到，我拚命跑出了洲際導彈的速度。就連祈怪也從一隻蝸牛一秒鐘變成了一頭野牛。

我們一路狂奔，總算在上課鈴的尾聲消失前衝進了課室。萬幸萬幸，安全上壘！

癱坐在座位上後，我的氣還沒有喘完，班主任老師就走進來，鬧哄哄的課室瞬間像冰凍一般安靜。

和往常一樣，這節數學課平淡又無聊，別說什麼奇怪的事了，就連上課說悄悄話的「事件」都沒發生過。要知道，在班主任的課上搗亂，那可是比抓噴火龍的尾巴還要危險的事！

沒有任何懸念地上完了數學課，我幾乎快要把早上在早餐店的奇特遭遇忘記了。認認真真地休息了十分鐘後，我們迎來了第二節課——語文課。

說實話，我平時還是蠻喜歡語文課的，因為語文老師

總會講一些趣聞和奇談。

「不知道今天的語文課會不會有點兒不同呢？」這麼想着，我翻開了語文書。

今天要講的課文是《我的外婆》。看着這個題目，我的腦袋裏忽然冒出早上聽到的那段莫名其妙的天氣預報，以及裏面說的「奇異雹」。

哈！我就說那個冰雹的名字聽起來怎麼這麼熟悉，我想起來了，是外婆說起過！

我的外婆今年已經89歲了，她最喜歡的事就是躺在搖椅上搖啊搖。打從我懂事起，外婆就好像被大力膠黏在搖椅上，不管什麼時候見到她，她都在上面一邊搖晃，一邊戴着老花鏡讀書看報、織毛衣、繡杯墊，或者搖着扇子微笑着打盹。

我經常纏着外婆給我講故事，有一次，外婆就提起了「奇異雹」。

「哎呀，外婆跟你說哦，外婆講的這些故事再好玩，都沒有下奇異雹的時候好玩！」外婆晃來晃去地說着，語氣裏還帶着一絲遺憾，「不過可惜的是，這種天氣太少見了，我只在10歲的時候見過一次而已。哎呀！要是能多

見幾次下奇異雹的天氣就好咯！」

外婆說起奇異雹的時候，滿臉期待的表情，害得我的心都癢起來。

不過，我問起爸爸媽媽關於奇異雹的事時，他們卻笑着說：「奇異雹是什麼？怎麼會有名字這麼奇怪的冰雹呢？我們可從來都沒聽說過，是外婆在講故事逗你玩吧！」

除此以外，媽媽還提醒我說：「外婆是我們家的故事大王，我和你小舅舅小時候最喜歡的，就是聽你外婆講奇奇怪怪的童話故事了！」

想到爸爸媽媽當時說的這些話，我忽然有些沮喪。

也許外婆真的只是在給我講故事而已，否則為什麼我都上小學三年級了，連一粒奇異雹的冰碴也沒見過呢！

想到這裏，我趁老師不注意，偷偷看了眼窗外，明晃晃的陽光照得我眼睛都酸了。

「天氣這麼晴朗，怎麼可能下什麼冰雹啊！」我心裏偷偷想着，收回視線，歎了口氣。

剛這麼想完，我忽然感覺自己的腦袋好像被什麼打了一下，「啪嗒」一聲過後，我的耳邊傳來一個聲音：「你

哪隻耳朵聽說是冰雹，是奇異雹，不是冰雹！」

誰？誰在跟我說話？他怎麼知道我心裏在想什麼？

我嚇得全身顫抖，連忙用胳膊肘捅了捅祈怪：「祈怪祈怪，你剛剛聽到有人跟我說話了嗎？」

「沒有啊！反正我什麼都沒說。」祈怪搖搖頭，悄悄補充道，「而且老師也沒點過你的名字。」

這可怪了！難道是我幻聽了？還是因為昨晚沒睡好在做白日夢？我按了按太陽穴，百思不得其解。

眼看語文課過去了一半，外面仍舊陽光明媚。

這次是祈怪忍不住了，他偷偷問我：「祈異啊，我們早上是不是聽錯了，今天根本沒什麼冰雹吧？」

「是奇異雹！」我像剛剛那個神秘的聲音一樣糾正祈怪，「我外婆說過……」

我的話還沒說完，突然看到一塊跟桌面一樣大的樹葉從敞開的窗戶飄進來，慢慢地落在老師的講台上。

準確地說，不光是我，我們全班同學都看到了，為表示我們的驚訝，所有人的嘴巴都統一張成了O形！

要知道，那樹葉太大了，只有巨人種的巨樹，才會長出這麼大的葉子吧！不過不知道為什麼，我們的語文老師居然對這「龐然大物」視而不見！

我們眼睜睜地看着那塊大樹葉一邊「撲撲啦啦」地響着，一邊飛快地把老師放在講桌上的教案包好。然後，它用長長的樹葉柄在包袱外面繫了個漂亮的蝴蝶結。在我們全班同學注視下，樹葉包裹慢悠悠地飄起來，從窗口飛走了！

這下我們徹底傻眼了，連原本打算翻看教案的老師也愣在原地。不過我猜，她一定是沒看到「偷」走教案的「罪魁禍首」──剛剛那塊大樹葉。

因為老師接下來的問題是這樣的：「我的教案怎麼『噗』一下就消失了？是你們誰玩的惡作劇嗎？」

啊？我們被老師問得啞口無言。我忽然想到，難道這塊樹葉的名字叫做「奇異雹」？這名字也太有個性了！

　　短暫的沉默後，課室裏一下子像燒熱的油鍋灑進了水一樣，劈哩啪啦地炸開了！所有同學都擠到窗戶邊往外看，大家早就沒心情再上課了。不管是男生還是女生，也不管是班長還是調皮鬼，全都在想一個問題：那個「綁架」老師教案的「大盜賊」到底飛去哪兒了？

　　「老師，我們去給您找回教案！」話音未落，三兩個男生已經躥出了課室。

　　緊接着，一片混亂後，同學們都衝出了課室門。當然，這裏面肯定少不了我和祈怪。

　　幸虧這時下課鈴響了起來，否則我們親愛的語文老師一定會被氣暈的！

藏在操場
下面的游泳池

等我們跑出教學樓才發現，操場上也很熱鬧。

操場正中間似乎正在舉行全校拔河比賽，隔着老遠就能聽到「嗨嗨喲喲」的聲音傳來。有這麼好玩的事兒，誰還會去找教案啊！

我們三步併作兩步跑了過去，結果跑得太急，左腳拌右腳，「砰」一下摔了出去，正好撞在一個六年級的大哥哥身上。

「對不起，我不是故意的！」我邊道歉邊準備逃跑，免得鼻子上吃一記老拳。

沒想到那個大哥哥沒有生氣，還開玩笑說：「你的力氣不小啊，別說那些沒用的話，快來幫忙拉拉鏈啊！」

「什麼？拉拉鏈？拉什麼拉鏈？」我揉揉耳朵，以為自己聽錯了。

要知道，平時這句話只會出現在我媽媽的身上，每次

她穿拉鏈在背後的連衣裙，一定會這樣喊我和爸爸幫忙。可面前這位臉憋得紅通通的大哥哥，穿的分明是和我一樣的校服啊？

「哎呀！拉拉鏈就是拉拉鏈，你磨蹭什麼啊，快過來！」人高馬大的六年級男生一手抓住我，把我扯進了「拔河」的隊伍中。

直到站在人羣中，我才明白這裏根本沒有什麼拔河比賽，所有同學朝着同一個方向，齊心協力地拉着的，是「長」在操場上的一條超級大的拉鏈！

哎喲！大樹葉的怪事還沒搞清楚，現在操場上又冒出這樣一條大拉鏈來，今天到底是怎麼了？

我一邊跟着大家一起拉拉鏈，一邊仔細觀察起來。

這是一條完完全全橫穿了我們學校操場的巨大拉鏈，光是那個拉鏈環兒，就足足有一輛大卡車的車斗那麼大。要是非讓我找一個詞語來形容這條拉鏈的話，那麼我們剛在語文課所學的一個成語正好能派上用場——碩大無朋！對，這條拉鏈就是碩大無朋！

想要拉開這麼大這麼長的拉鏈，可不是一件簡單的事。但好奇不光能帶來麻煩，還能激發無窮的戰鬥力！為

了見識到拉鏈下面到底藏着什麼「寶藏」，我們決定跟它拼了！

　　別看我們是小學生，但在拉拉鏈這件事上，我們也是有戰略和戰術的！只見拉鏈拉環裏早已站進了十幾個高年級的大男生，他們無私地把自己當成了耕牛，雙腿踩着地面使勁兒往後蹬，雙手用力抓住拉環向前推。

　　而我們這些留在外面的同學，則自動分成了兩組：一組同學一個抱着一個的腰，排成火龍般長長的隊伍，一起用力上演着《拔蘿蔔之世紀大戰》。另一組則堆在拉環後面，一個推着一個的背，擺出了武俠電影裏傳授「內功」的架勢。

　　當然，我和祈怪也在這支「拉鏈突擊隊」中貢獻了我們大大的力量。我們咬着牙，皺着眉，臉蛋憋得比櫻桃、蘿蔔還要紅！

　　男生們在跟大拉鏈較勁的時候，圍在周圍的女生們也沒閒着，她們主動為我們打氣加油、吶喊助威！

這時，我看到我們班的雙胞胎兄弟哼哼和哈哈在旁邊發愣，就立刻向他們喊：「快來呀！嗨喲！幫忙呀！嗨喲！」

哥哥哼哼迷茫地走過來，一邊幫我們一起拉拉鏈，一邊問：「祈異呀！嗨喲！這是什麼呀？嗨喲！」

弟弟哈哈慢了一步，排在哼哼的後面，他隔着哼哼也向我喊話：「嗨喲！祈異啊！嗨喲！為什麼拉它呀？」

「這是拉鏈呀！嗨喲！要是拉開它！嗨喲！可能有驚喜啊！嗨喲！」我氣喘吁吁地回答着他們的問題。

別看我這些話說起來那麼溜，可真要讓我解釋「為什麼操場上會出現一條大拉鏈」，那我就只能搖頭了。畢竟，我們校園的操場不是一件大外套啊！

就這樣在所有同學的努力下，操場上這條巨大的拉鏈終於被我們拉開了一點兒，地面上露出了一條小小

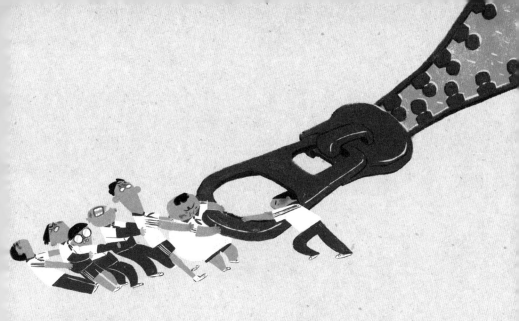

的縫隙。

　　成功的曙光出現啦！這條縫隙鼓舞了我們，讓大家的力氣一下子又增長了好多！

　　「加油！加油！」女生們的吶喊越來越有節奏。

　　「努力！努力！」男生們的信心也越來越充足。

　　不知道是因為人多力量大，還是經過了「開頭難，以後就會越來越容易」的過程，總之，拉鏈終於被我們從操場的最左邊，劃過整個操場，拉到了操場的最右端！

　　這條拉鏈一拉開，原先覆蓋着塑膠跑道的地面也「唰唰唰」地捲成了蛋卷，翻開的操場下面果然有驚喜啊！

　　那一刻，我們簡直不敢相信自己的眼睛。操場下面是一個裝滿水的巨大游泳池，它方方正正、清清亮亮，正蕩漾着細微的波紋等着我們呢！

　　真是不可思議！誰能想到，我們學校這個看起來平平凡凡的操場下面，還隱藏着這麼大的一個秘密呢？

　　不過，至於它是怎麼出現的，每個人的回答都是：「你問我，我問誰？」

　　尤其是我的好朋友祈怪，他最不喜歡動腦筋了。有這麼好玩的遊戲，他才不要費力去想操場上的大拉鏈下面為什麼會有游泳池的問題呢！在大家觀望、議論的時候，祈怪已經按捺不住激動的心情，「撲通——嘩啦——」帶頭跳進游泳池裏。用他自己的話說就是：「這麼好的消暑方式，胖子當然不會錯過了！」

　　這枚重磅炸彈一下水，就開始向我發起了「進攻」。他一邊撩起水來潑向我，一邊興奮地喊着：「祈異，快下來，好不容易學校裏有這麼好玩的游泳池，不玩就浪費了！」

　　見他這麼熱情，我雙腳一蹬地跳起來，大叫着：「好！看我的！」也一頭扎進了水裏。

蝴蝶在我
肚子裏迷了路

　　我們都好奇地跳進游泳池才發現，這裏面的水不光温度剛剛好，浮力還大得出奇。無論我們在水裏怎麼上下翻滾，都不會沉下去！

　　於是，同學們有的仰泳、有的打水仗、有的乾脆就站在水裏避暑，每個人都擺出一副「不打上課鈴不上岸」的姿態！

　　不過話説回來，游泳可真是件花體力的事情，很快我就累得胳膊發軟、腿發酸了！

　　從游泳池裏爬上岸後，我忽然想到一個嚴重的問題：一會兒我要穿着一身濕漉漉的衣服上課嗎？那肯定不是個好主意，課室裏那麼潮濕，説不定我會發芽呢！

　　我朝左右看了看，好不容易找了一塊沒有被游泳池佔領的操場，然後把不斷滴水的校服脱下來擰成半乾，隨手掛在單槓上。

等待校服變乾的時候，我乾脆舒舒服服地躺在陽光下，伸展着酸軟的四肢，把自己擺成了一個「大」字。

「啊！這陽光曬起來實在是太舒服了，今天真是好天氣啊！」我感歎着，忍不住打了一個大大的呵欠。

誰能想到，就是打個呵欠，居然有東西掉進了我的嘴裏？不，不是掉進去的，而是飛進去的！

「什麼東西？」我吃了一驚，條件反射地閉緊了嘴巴。

這下更糟了，那個「東西」沒退路，乾脆飛到我的肚子裏！牠一邊在我的肚子裏橫衝直撞，一邊不斷地大叫：「救命啊！哦，天啊，這是哪兒啊？這裏好黑！我好害怕！」

拜託！害怕的應該是我好嗎？該叫救命的也應該是我好嗎？

我的肚子疼得都要冒煙了，我甚至都能感覺到自己的食道、胃、大腸、小腸和心肝脾肺全都攪和在一起了。

「哎喲！」我捂着肚子在地上滾成了一枚湯圓，顫抖着聲音不斷求饒，「不管你是誰，麻煩你不要再亂撞了好嗎？我要疼死了！」

「你以為我想這
樣啊，要不是在你的
肚子裏迷了路，我才不
願意這麼浪費體力呢！」我
肚子裏的聲音不滿地説道。

那聲音悶悶的，聽起來像蓋着厚被子發出來的：
「雖然我聽説你們人類是雜食動物，可也沒有誰告訴我，
你們連蝴蝶都吃啊！」

原來是一隻蝴蝶！

我縮成一團，脱口而出：「不對啊！蝴蝶怎麼會説
話？」

「蝴蝶當然會説話！所有動物都會説話，只不過是
用我們自己的語言，你們聽不懂而已。」我肚子裏的蝴蝶
喋喋不休地説着。牠説現在能説人類的語言，是因為剛才
不小心被奇異雹擊中，所以出現了一點小意外。

蝴蝶説着，終於安靜下來，我的肚子也不那麼疼
了。這時，我才有精力去思考牠剛剛説過的話。

剛剛牠説什麼？奇異雹！嘿，這可真算是因禍得
福。沒想到我居然從一隻蝴蝶的口中得到了關於奇異雹的

線索！要知道，連那些似乎無所不知的大人們都不知道奇異黿到底是什麼呢！

　　我喜出望外，連忙低下頭對自己的肚子說：「這個世上真的有奇異黿啊？」

　　「當然有啦！哎呀，我都快悶死了，快讓我出去，我再細細跟你說！」蝴蝶一邊喊一邊搧起了翅膀。被翅膀這麼一攪動，我的肚子又難受起來。

　　「好好好！」我連忙捂着肚子追問，「可我要怎樣才能把你弄出來呢？」

　　「光！用亮光幫我找到出口的方向！」蝴蝶回答說。

　　好吧！真說不清是我倒霉還是那隻蝴蝶倒霉，總之，為了能讓牠重獲自由，也為了能讓我擺脫疼痛，我不得不站在操場上，使勁仰起頭，像個傻瓜一樣對着太陽張大了嘴巴！

　　我把嘴巴盡量張到最大，大得好像要一口吞下太陽似的，以便讓蝴蝶能夠看到光，然後原路返回自由的世界。

　　好半天，這隻糊里糊塗、迷路的蝴蝶終於歡呼起來：「太好了，我看見光了，我找到迷宮的出口了！我終於能出去啦！」

「哼，我的肚子才不是什麼迷宮呢！你趕緊出來吧。」我心裏想着，嘴卻不能閉上。

鬱悶歸鬱悶，不管怎麼説，只要蝴蝶能出來就好！

向着牠所謂的出口——其實是我的嘴巴，蝴蝶搧動起翅膀，在我的肚子裏製造了一陣小小的旋風。在我的腮頰和下巴都變得僵硬的時候，牠終於飛出來了。

「咳咳咳……」蝴蝶穿過我的喉嚨時用力太猛，害得我忍不住咳嗽起來。

我邊咳邊抬起頭，在我面前果然是一隻花花綠綠的大蝴蝶，牠正上下飛舞，並看着我。

我咳得臉都紅了，上氣不接下氣地埋怨牠：「那麼多路你不走，那麼大地方你不飛，你幹麼非往我嘴巴裏鑽啊？」

蝴蝶抖着翅膀，嫌棄地看着我説：「好像我願意似的！要不是被奇異電擊中了翅膀，我怎會控制不到方向呢？ 要不是控制不到方向，我怎麼會掉下來呢？要不是我掉下來的時候你偏偏張大了嘴巴，我怎麼會誤打誤撞飛進你的肚子呢？你知不知道我有多害怕，我還以為你是故意吃掉我的呢！真是太討厭了！」

聽牠這意思還怪我了？算了，一個堂堂小學生，怎麼能和一隻蝴蝶計較呢！現在最重要的是，我要問問牠，關於奇異雹的事。

終於有人，不，終於有蝴蝶知道奇異雹的事情，我不能錯過這個機會。

想到這裏，我虛心地向蝴蝶請教起來：「親愛的蝴蝶別着急，現在一切都過去了。那麼，你的意思是，真的有奇異雹這種東西？」

「有啊有啊，我都說了多少遍了！你們人類的腦袋裏裝的都是泥巴嗎？」蝴蝶一邊飛來飛去，在太陽下曬翅膀，一邊不耐煩地說。也不知道牠們蝴蝶是不是都這麼沒耐性。

曬乾了左邊的翅膀，牠伸展着右邊的翅膀接着說：「要不是剛才有大量奇異雹降落在你們學校的操場上，那裏怎會出現大拉鏈和游泳池呢？難道你看不到，奇異雹現在還在下呢！」

奇異雹還在下？我立刻抬頭看着天空。陽光依舊晃

眼，天空依舊晴朗，哪裏有下冰雹的跡象呢！

聽完我的話，那隻蝴蝶更不耐煩了。

「哎呀笨死了！這是奇異雹，又不是冰雹，你怎可能看得到啊！嘖嘖，現在的小孩子都怎麼了，竟然連奇異雹都不知道⋯⋯」蝴蝶終於曬乾了翅膀，然後搖着頭，嘀嘀咕咕地飛走了。

原來，天氣預報裏面説的奇異雹，和小時候外婆給我講的奇異雹全都是真的！而且，那個「本市西北地區東南部偏北方」説的就是我們馬路拐彎小學啊！

「哈哈！這真是太有趣了！」我忍不住歡呼了一聲。

再仔細回想一下蝴蝶説過的話，我最終推斷出一個結論：奇異雹是一種十分特殊的天氣現象，雖然完全看不到，但如果被它擊中，就會發生奇異的事情。

就像我們操場上的大拉鏈和游泳池、「綁架」語文老師教案的巨大葉子，還有那隻糊里糊塗在我肚子裏迷了路、會説人類語言的笨

蝴蝶，它們全都是奇異雹的傑作！

「這可真是一條大新聞啊！我必須第一時間告訴我的同學們！」想到這兒，我隨手拿起已經曬乾了的校服，飛快地跑進了教學樓。

還沒走進我們班課室，一陣悲傷的哭聲就從門窗裏傳了出來，這聲音聽起來像是……我停住腳步，歪着腦袋想了一小會兒。

對啦，這是潘朵朵的聲音！

潘朵朵怎麼會哭呢？要知道，她是我們班最愛笑、最漂亮、最溫柔的女生了。從一年級到四年級，我還沒看見潘朵朵哭過呢。現在她不光哭了，而且哭聲還越來越大，我甚至能聽到眼淚「啪嗒啪嗒」滴在桌上的聲音。

不行，我不能做旁觀者，保護女生是每一個男子漢的責任和義務！想到這兒，我加快腳步走進課室，來到潘朵朵的座位旁。

我正打算安慰她幾句，忽然覺得哪裏不對勁兒──潘朵朵看起來有點兒怪怪的，跟平時有些不同。

「哎呀，你的頭！」我猛然反應過來。潘朵朵的腦袋居然……居然變成了正方體！

沒錯，就是正方體！有棱有角，四邊對稱，就像一個大扭計骰似的。

我苦笑一下，剛要開口問潘朵朵這是什麼回事，沒想到她卻誤會我在嘲笑她，哭得更厲害了。只見眼淚「唰唰」地順着她正方形的面孔流下來，瞬間變成兩條小瀑布。

「嗚嗚……你是不是在嘲笑我？我知道我的腦袋變……變方了，我……嗚嗚……我剛剛梳……梳辮子的時候，在鏡子裏看到了……我……我再也不漂亮了……」潘朵朵哭得稀哩嘩啦，看上去可憐極了。

我搖着頭拚命解釋：「沒有沒有，我沒嘲笑你，我只想問問你，是睡覺姿勢不正確引起的嗎？」

「不是……我早上起來時還好好的呢！」潘朵朵抹着眼淚回答道，「就是剛剛去操場給你們男生加油就變成這樣了。」

「嗯……讓我想想。」我撓着腦袋細心回憶着。

沒錯，我想起來了，上節語文課的時候潘朵朵的腦袋還是圓圓的。我還指着她後腦的辮子對祈怪説：「你看，潘朵朵的辮子像不像馬尾巴！」

突然，我想起了那隻在我肚子裏迷路的蝴蝶，頓時倒吸了一口氣。

「糟了！你不會是被奇異雹擊中吧？而且還被擊在腦袋上！」

「奇異雹？我早上也聽到廣播裏説過今天會下奇異雹！」潘朵朵抽泣着説，「可是明明天氣這麼晴朗，明明沒下什麼冰雹啊⋯⋯為什麼我⋯⋯嗚嗚⋯⋯為什麼我這麼倒霉。」

潘朵朵越説越難過，越難過哭聲越大，她的悲傷情緒像烏雲一樣聚集在整個課室上空，我擔心課室裏會不會也要下一場大雨了。

我連忙伸出手，像安撫路邊肚子餓的小流浪貓一樣，在她的方頭頂上拍了拍：「別哭了，奇異雹不是普通的冰雹，是看不見的。被它擊中就會發生奇異的事情。不過，我會想辦法幫你的！」

這麼一拍不要緊，更奇異的事情發生了——我的手竟然把潘朵朵方腦袋的一個直角拍圓了！

怎麼說呢？潘朵朵的腦袋現在就像……就像是一大塊正方形的泥膠一樣！要是這樣的話，解決問題的辦法不就有了嘛！

潘朵朵聽完我的話後，就像關了閘門的水壩一樣，一下子就安靜了。

「快快快，祈異快幫幫我，我知道你的點子最多了。」潘朵朵拉着我的胳膊，期待地說。

「潘朵朵你放心，我是捏泥膠的高手！」說着，我把胸膛拍得「嘭嘭」響，「我一定能讓你的腦袋變得像橙子一樣圓！」

「我只要以前的樣子就好了，才不要橙子那麼圓的腦袋呢！」潘朵朵含着眼淚抗議。

「沒問題！那我就幫你恢復原貌！」於是，我和潘朵朵合作的「潘朵朵方腦袋改造工程」就開始了。

哭個不停
接力賽

　　説句實話，我捏泥膠的本領確實不錯，老師還鼓勵我説：「祈異，未來你可以考慮當個泥塑大師哦！」但是，視藝課捏的都是卡通形象、蔬菜水果什麼的，現在換成這種「寫實派」，就不那麼容易了。

　　我左揉一下、右捏一下，而潘朵朵則端着小鏡子不時指導兩句：「左邊圓點兒，對對！哎呀，右邊太圓了！慢一點兒，下巴變成錐子了⋯⋯」

　　為了緩解潘朵朵的緊張情緒，我一邊捏一邊説：「潘朵朵你知不知道，我外婆説奇異雹是很罕見的氣象變化！我外婆還説她都89歲了，也只是在10歲那年遇到過一次！而我的爸爸媽媽連聽都沒聽説過，你説我們是不是很幸運？」

　　「那是因為你沒被奇異雹擊中！」潘朵朵看上去好像對奇異雹一點兒興趣都沒有。

雖然我很想被奇異電擊中那麼一下，看看會有什麼事情發生在自己身上。但為了不讓潘朵朵認為我是高談闊論，我只好住口。

　　不能讓潘朵朵再繼續難過下去，我抓緊時間盡自己最大的努力，揉圓了最後一個小稜角。經過一番修整，潘朵朵的腦袋終於恢復原貌了。

　　「大功告成！」我得意地拍拍手。

　　潘朵朵照了照鏡子，發現自己不僅恢復了原貌，而且臉還瘦了那麼一圈，這下她終於開心了。看着她的笑臉，我也鬆了口氣！

　　要知道剛剛潘朵朵只顧着自己難過，完全沒有注意到周圍的變化。被奇異電擊中的她，其實不光腦袋的形狀和別人不一樣，就連眼淚都誇張了不少。

　　先不説她的眼淚像小溪一樣差點淹了課室，就説那黃豆似的大淚珠「劈劈啪啪」落在桌子上，每一顆淚珠都在桌面上留下了一個印記！難怪我還沒進課室，就能聽到她眼淚掉落的聲音呢！

　　現在，潘朵朵重現笑顏，可是被她的眼淚弄得凹凸不平的桌子又接過了「哭個不停接力棒」！

「哎喲！疼死了，我怎麼這麼可憐、這麼悲慘啊……」

桌子的哭聲響徹整個課室，聽起來就像是誰在拉一把斷了弦的小提琴。

顯然，潘朵朵跟我一樣，第一次聽到一張桌子說話。

她嚇了一跳，「噌」一下蹦到了我身後，探着腦袋小心翼翼地問：「是誰？誰藏在桌子裏？」

「哪有什麼人藏着，我的肚子裏明明只有你的書包而已！」潘朵朵的桌子一邊哭一邊説，「哇哇嗚嗚……我明明待在課室裏，完全可以躲過奇異雹的，可是怎麼就被奇異雹感染過的眼淚給破壞了呢！你們看看我的臉……我都毀了容啦……」

聽了這麼一番哭訴，我和潘朵朵面面相覷。

「看來又是奇異雹。」
我撇撇嘴。

「桌子在埋怨我呢，可我也不是故意的啊。」
潘朵朵一臉擔憂地看着我

說，「祈異祈異幫幫我，接下來該怎麼辦？」

要說女生真是奇怪，每次一遇到困難，第一時間想到的就是找我們男生幫忙，然後可憐兮兮地問：「接下來怎麼辦？」可是過後我們只要稍微一招惹她們，她們馬上會「選擇性失憶」，把求我們幫忙的事兒忘得一乾二淨，然後掐着我們的胳膊來個「蠍子十八撑」！

還好我是一個大度的男生！

「別慌，讓我好好想想。」我摸着下巴，看着像月球表面一樣的桌面，想着對策。

要說給桌子整容這個問題，我也遇到過，那還是在三個半星期前，我閒着沒事幹，用原子筆在桌子上畫了一架戰鬥機，結果被班主任老師發現，她立刻大發雷霆。

「祈異，你這不是破壞公物嗎？好好的桌面被你畫得亂七八糟，你心裏一點兒愧疚感都沒有嗎……」

因為當時老師說得太多了，以至於後面都說了些什麼，我根本沒聽見。只聽到最後她生氣地說道：「你馬上

把桌子上畫的東西全擦乾淨，而且，一點兒痕跡都不能留！」

這可把我難倒了。我用光了軟橡皮擦、硬橡皮擦，甚至連鉛筆後面的小橡皮頭都磨得光禿禿的，都無法擦掉那些筆痕。最後迫不得已，我只好請爸爸提着一桶油漆，放學後重新把桌面刷了一遍。

於是，我的桌子一下子變成了全班最新的一張！在後來的一次衛生檢查中還得到了校長和訓導主任的聯名表揚，這真是我和班主任老師誰都沒有料到的！

有了這個經驗，我馬上決定照做：「就這麼辦，我們給桌面換個顏色！」

「慢，慢着！」桌子抽泣着攔住了我，「換顏色當然好，可是我臉上的這些坑呢？要是填不平這些凹凸不平的痕跡，就算給我塗上世界上最漂亮的顏色，我還是桌子裏的醜八怪啊！」

不愧是課室裏的桌子，說話都這麼有文化。而且它的這番話也證明了，它的的確確是潘朵朵的桌子──和主人

一樣都是太自滿了。

　　「你放心！我已經幫你想好了全套的整容方案！」説完，我把潘朵朵拉過來，跟她説了幾句悄悄話。

　　「這樣……行嗎？」聽了我的話，潘朵朵將信將疑。

　　「絕對沒問題！」我自信滿滿地説，「不過，我需要你來做我的助手！」

給桌子
做美容

今天是個下「奇異雹」的日子，我覺得這種「奇異雹」真的是很有個性。

它們不僅不能被看到，而且還靜悄悄的沒有分量。即使擊中潘朵朵的腦袋，她都沒有察覺，連「哎喲」都沒有叫一聲！要知道，這些女生都是嬌生慣養的，平時你不小心踩她們一下腳，她們就會尖叫到讓玻璃炸裂！

所以，剛才潘朵朵如果不照鏡子，還不知道自己被奇異雹擊到了頭呢！

連累了自己的桌子，潘朵朵很過意不去，所以她馬上就答應做我的助手。

在我的指揮下，潘朵朵拿來一盒粉色粉筆，倒在一個原本用來裝輕黏土的塑膠盒子裏。我把水杯裏面的溫水倒進盒子，粉筆很快就被水泡軟了，變成了粉嘟嘟的「桌面美容霜」。

「助手，快去把桌子擦一下。」我一邊趾高氣揚地指揮潘朵朵，一邊用視藝課抹漿糊用的小刮板攪拌「美容霜」。

「遵命！」潘朵朵擰乾一塊抹布，認認真真地把桌子擦了三遍。

趁着桌面未乾，我挖出一刮板「美容霜」抹在桌面上。

「美容霜」剛沾上桌面，桌子立刻喊叫起來：「這是什麼鬼東西？太黏了！我警告你們，要是你們把我變醜了，我以後一定會沒完沒了地跳舞，讓潘朵朵寫的字都變成張牙舞爪的亂線團！」

「放心吧，想變漂亮就相信我！」我輕輕敲敲桌面。

一下，一下，又一下，隨着我手中刮板來回塗抹，「美容霜」一點點填滿了桌面的小洞。很快，那些坑坑窪窪的地方就被填得像鏡面一樣平整了！

「怎！麼！樣！」我揮揮刮板，得意地看向潘朵朵。

「真不錯耶！祈異祈異你真厲害！」潘朵朵毫不吝嗇地鼓起了掌。

等「美容霜」稍微晾乾後，我開始進行「桌子整容」

的最後一個工序——加上保護膜，保護膜的原材料是黏性十足的強力膠水。

為了做好事，我犧牲了自己畫水粉畫的水粉筆。拿水粉筆當刷子，蘸着膠水在潘朵朵的桌面上塗了整整五層，總算能確保它既平整又光亮，而且還很結實。

「大功告成！」我放下水粉筆拍了拍手。

膠水乾透後，吵吵嚷嚷的暴脾氣桌子終於安靜下來，沉浸在自己散發出光澤的新外表裏：「啊！魔鏡啊魔鏡，我是世界上最漂亮的桌子嗎？是的，你就是！」

見桌子心情大好，自問自答地吹起牛來，我和潘朵朵都鬆了一口氣。

可惜這種安靜沒有持續多久，一陣更加喧鬧的聲音又響了起來——所有桌子大「暴動」了，而且，「暴動」的首領是我的桌子。

只見它四腳齊蹦，哭天喊地，乾打雷不下雨地喊着：「祈異你不公平！你怎麼能只給潘朵朵的桌子美容呢？我呢？我呢？我才是你的親桌子啊！我好難過，好傷心，傷心得都要散掉了！」

「對啊，你們不能這麼偏心，我們的主人也都是你們

的同學和好朋友，憑什麼不給我們做美容？」其他桌子也跟着抗議。

我和潘朵朵被它們吵得頭都大了。

「停！都別吵！」我跑到講台上，做了一個暫停的手勢，「只要你們安靜點兒，一個個說，我就給你們做美容！」

我的桌子立刻「噓」了一聲，桌子們都安靜下來。

「安靜！我先來！」我的桌子用一條桌子腿拍了拍自己的桌子面，說：「我喜歡天藍色的外衣！」

「我要橘紅色！」

「我要斑馬紋！」

「我要波點！」

「我要星星！」

聽它這麼一說，其他桌子也爭先恐後地提出了要求，我和潘朵朵又一次陷入了聲音的迷陣之中。

為了滿足這些桌子「顧客」的美麗心願，我和潘朵朵不得不徵用了老師的所有粉筆和同學們的全部膠水。

我們兩個像被抽打得團團轉的陀螺一樣忙個不停，抹抹抹，刷刷刷，塗塗塗……爭分奪秒，好不容易才在上

課前給全班桌子都做好了美容。

桌子們個個舊貌換新顏，心滿意足地在上課鈴聲中安靜下來。

當操場上的同學們從游泳池裏爬上來，匆匆地跑回課室，發現自己的桌子變成五顏六色時，都激動地歡呼起來。我和潘朵朵看着他們開心的樣子，心中充滿了成就感。

不過，這節英語課

的英語老師有點兒鬱悶，因為粉筆都被我們拿來製作「桌面美容霜」了，整間課室現在連一點兒粉筆末都找不到。

沒辦法，英語老師只好搖搖頭，宣布了一個天大的壞消息：「那好吧，我們這節課臨時改一下，來一次課堂小測驗。」

「啊——」英語老師話音剛落，我們全班同學異口同聲地喊了出來。

感謝博士牌鋼筆

我當然不喜歡測驗。不光是我，我敢保證全世界的所有學生，哪怕是初中生、高中生、大學生，也絕對沒有一個會喜歡測驗的！

「唉，如果法律規定必須取消所有考試和測驗該多好！」我歎着氣，拿出測驗簿和爸爸新買給我的鋼筆。

我原先的鋼筆上周剛剛犧牲，原因是我和祈怪進行了一場鋼筆大戰！其實我們沒真正動用「武力」，只是把鋼筆當作騎士的佩劍，「劈劈啪啪」地比畫了幾個回合，我的鋼筆尖就「啪」的一聲斷掉了！

爸爸不得不又給我買了一枝新鋼筆。他在買鋼筆的時候還說個不停：「現在竟然沒有修理鋼筆的小舖了，想當年我們小時候……」

不曉得修理過的鋼筆會不會弄得滿手墨水呢？我只知道新買的鋼筆確實很好用。以至於這一個星期以來，我寫

作業的速度都提高了！

哎呀，我又走神了，小測驗已經開始了！

這堂課測驗的內容是單詞翻譯，英語老師唸出一個單詞，我們需要在簿上寫下這個單詞的意思。

説起來有點兒不好意思，我其他科目都還不錯，可就是英語，實在是差了地圖上大西洋到印度洋那麼一點點距離。對我來説，英語簡直就是「鷹語」，哪裏是我這個純正人類能隨便聽懂的啊！

「這次估計又要打敗仗了。」我這麼想着，擰開了鋼筆套，豎起耳朵等着老師唸單詞。

「這次共有十五個單詞，第一個——watermelon。」老師唸道。

哈哈！太幸運啦，這個單詞我知道！這可是我夏天最喜歡的水果！

「西瓜。」我工工整整地在簿上寫下了這個詞。

第二個、第三個詞我都知道。然而好運不長久，老師唸到第四個單詞時，我就不會了。

「聽起來挺耳熟，可到底是什麼意思呢？」我抓耳撓腮地想了半天，還是想不起來。一着急，我不由自主地把

鋼筆桿塞進嘴裏咬了起來。

　　忽然一個細小的喊聲從我嘴裏響了起來：「別咬！疼！」

　　「誰在説話？」我吃了一驚！不過很快，跟奇異鼋打了幾次交道的經驗讓我注意到，發出聲音的是我的鋼筆。

　　我把鋼筆舉起來，果然，筆桿變成了深藍色，一看就知道它心情不太好。

　　「哎呀，對不起，我不是故意的。」我趕緊壓低聲音道歉。

　　「什麼不是故意的，你這一周沒事兒就咬我，你別想愚弄我，我可是博士牌！」鋼筆用尖細的聲音説道，「你再拿牙齒進攻我，我就罷工了！」

　　「這個，那個，我……我真的不知道你也會疼，不然我肯定不會咬你的！我保證，以後再也不咬你了！」我誠懇地小聲對它説。

　　「也不能咬我的兄弟鉛筆，還有我的兄弟原子

筆！」鋼筆提出了條件。

「不咬不咬，所有的筆我都不會咬了！」我對筆發誓。

鋼筆筆桿的顏色這才漸漸變成了淡綠色：「好吧，那就原諒你好了。」

要知道，跟鋼筆聊天並不是總能碰到的事，我顧不上還在進行的英語測驗，乾脆趴在桌子上和它說起悄悄話。

「既然你是博士牌鋼筆，應該知道很多吧，我能不能問你問題？」我捂着嘴小聲説，「就算下了奇異雹，也只是在外面下吧？為什麼在課室裏面的桌子，還有你，也會被擊中呢？」

「這你就不知道了吧，奇異雹可不是普通的天氣現象。」鋼筆不愧是「博士牌」，它認真又耐心地給我解釋起來，「奇異雹是非常奇異的，它一旦下起來，沒有任何東西能阻攔。」

「哇！那就是穿牆而入啊！」我抬頭看了看屋頂，確定上面沒有被奇異雹擊出大大小小的洞。

「那……」我剛要問鋼筆下一個問題，英語老師突然

提高了音量：「大家注意，以下是最後一個單詞⋯⋯」

糟了！還在測驗呢！我才寫了三個單詞，這下可慘了！

「完蛋了，我才寫出三個單詞，等會兒一定又要挨罵了！」我急得東張西望。

過幾天就是家長會，要是到時候被英語老師告上一狀，我馬上就要到手的「奇異俠變形車」肯定會泡湯！

「別着急，有我呢，要知道，我是博士。」鋼筆自告奮勇地抖了抖身子，筆桿上刻着的「博士牌鋼筆」幾個字閃閃發光。

既然是「博士鋼筆」，那我們小學生的這些英文單詞應該難不倒它吧。於是我輕輕握住了它。

當筆尖一接觸到紙張後，我的手頓時被一股無形的力量控制住了！鋼筆在紙張上飛快地行走、旋轉、跳躍，像一位芭蕾舞演員在跳舞。不一會兒，一串詞語就清清楚楚地寫在簿子上。我數了數，正好十五個詞語！

「哇！你真是太厲害啦！不愧是博士！」我忍不住親了鋼筆一下！

鋼筆的頂端冒出了一股細細的蒸氣，白色筆套也變得

像櫻桃一樣紅了，它不好意思地說道：「這也沒什麼啦，我本來就是幫助你學習用的嘛。」

哈哈，原來鋼筆也會害羞啊！

心情
五顏六色

下課前，小測驗成績出爐了。

一個「鷹語」……不，是英語落後的學生，居然史無前例、破天荒地得了滿分！

感謝我的博士鋼筆！感謝奇異雹！此時，我是多麼想衝上講台大喊幾聲來通告全世界啊！雖然只是一次小測驗，但我到底還是得了滿分啊！

我決定好好獎勵一下「功臣」鋼筆，放學後，買一瓶特級藍黑墨水送給它，抑或用消毒濕紙巾和軟棉布好好給它洗個澡呢？

下課前的最後幾分鐘，正當我一邊享受着英語老師難得的表揚，一邊在心裏默默感謝我的鋼筆時，窗外忽然閃過一個紅色的影子。緊接着，一陣「吱嘎吱嘎」的摩擦聲在窗邊響了起來。

不光是我，全班同學都被這聲音吸引着，不由自主地

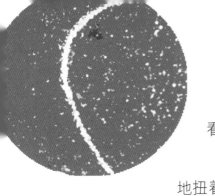

看了過去。

只見一個紅色的氣球，正用力地扭着圓滾滾的胖身子，從一條細小的窗戶縫隙往課室裏擠。

不用説，它肯定也被奇異電擊中了！

不過這個笨氣球明明再飄過去一點兒就能見到一扇敞開的窗戶，它卻偏偏要放棄「陽光大道」，改走「羊腸小路」，真不知道氣球的腦袋裏想些什麼。

我眼睜睜地看着它先順着縫隙擠進四分之一個身子，然後慢慢地往裏面鑽。整個過程看得我們提心吊膽，真擔心它一不小心把自己給擠爆了。

幸好有驚無險，這個執着的紅氣球最後安然無恙地穿過窗戶縫，成功地把自己擠了進來。

見英語老師在低頭整理測驗試卷，坐在前排的潘朵朵忍不住伸出手摸了氣球一下。頓時，紅氣球的紅色變得更濃了一些，從番茄紅變成了櫻桃紅。

氣球慢慢飄離了潘朵朵的座位，開始在課室裏巡遊起來。我們班同學簡直個個都是好奇寶寶，他們和我一樣，當氣球經過自己時，都忍不住伸出手摸一下。

哼哼摸的時候氣球變成了黃色，哈哈摸的時候氣球變成了藍色。祈怪一摸它，它就變成了紫色。而我摸它的時候最誇張，它竟然變得跟彩虹一樣五顏六色！

「你為什麼會變色呢？」我代表全班同學，小聲說出心中的疑問。

氣球晃晃身後長長的繩子尾巴，回答道：「因為你們的心情不同啊，我可以把你們的心情用顏色表現出來。」

「這麼神奇？我剛剛碰到你的時候，你變成了淡藍色，這是代表什麼呢？」哈哈捂着嘴低聲問。

「藍色代表着憂傷，你大概有點兒傷心吧？」氣球說。

哈哈驚訝地點點頭：「對對

對！我剛剛的測驗因為馬虎寫錯了三個字，被老師責罵了！」

「這麼準確啊！」我們感歎着。

哼哼馬上搶到了第二個發問的機會：「那黃色呢？黃色是什麼意思？」

「黃色的心情是暖洋洋、美滋滋的，你剛才一定在吃東西吧！」

「這個嘛……」哼哼不好意思地笑了。他這麼一笑，我們全都看到了黏在他牙齒上的朱古力醬。

祈怪看了看英語老師，她太專心了，根本沒注意到課室裏發生的怪事。於是祈怪小聲喊了一聲：「氣球氣球，那我的紫色代表什麼？」

「紫色嘛……是像薰衣草一樣悠閒自在。」氣球飄到我和祈怪上空說道。

「嗯，說得太對了！」祈怪忍不住豎起大拇指，「我剛剛正在想周末爸爸帶我去度假營度假的事呢。」

這個傢伙竟然不專心上課。

不過，祈怪不專心沒有造成什麼不良後果，倒是我這麼一不專心卻失去了提問的最佳時機。同學們你爭我搶，

好不容易等他們都問完了，我才對氣球說道：「最後一個問題，五顏六色又能說明什麼心情呢？」

「說明你的心情很複雜。」氣球挺了挺肚子說，「五顏六色是奇異色，既高興又難過、興奮中還夾雜着低落，總之，你的心情太複雜了。」

好吧，我承認氣球說對了，我的心情是有些複雜。

測驗得了滿分，我一開始真是特別高興，但很快就想到這並不是自己的真實成績，是鋼筆幫我得到的啊！嚴格說來，這大概算得上是作弊吧。所以，我又開始擔心，要是老師和爸爸媽媽知道我作弊，他們一定會很傷心的。

被奇異雹擊中的氣球可真了不起，這麼複雜的心情它都能猜到，簡直比女巫的水晶球還精準！

這時我突然又想到一個問題：「小氣球，那麼你本來是什麼顏色的呢？」

說起這個問題，氣球有些不好意思，「我本來是透明的，因為外面的太陽太熱，我都被曬紅了，所以才想到你們課室裏來躲一下的。」

聽了氣球的回答，我們忍不住笑出了聲，這個氣球真可愛啊！

這下可糟了，現在還沒有下課，英語老師還坐在講台上呢！聽到我們的竊竊私語和笑聲，英語老師的目光從試卷上移開，有些不高興地看着我們。

「笑什麼呢？這次測驗雖然個別同學進步很大，但也不是全班都是最佳成績，值得這麼高興嗎？」

「老師，是那個氣球！」祈怪忍不住脫口而出。

「氣什麼球！現在是英語課，你當是元旦晚會啊！」英語老師皺着眉頭說。

那麼大的氣球飄在課室正中央，老師卻看不到它？

「大人們真是好可憐啊！」我趴在祈怪耳邊小聲嘀咕，「他們根本看不見我們身邊發生了這麼多奇異的事情。」

祈怪點點頭，看着老師，眼中流露出憐憫的目光。

　　這時大氣球慢慢地飄到英語老師的頭頂，它竟然「騰」一下變成了黑色！

　　我們連忙把說到嘴邊的話都嚥了回去。這也太嚇人了，看來老師的心情已經糟到了極點！

　　幸好下課的鈴聲及時響起，才把我們從老師的怒氣中解救出來。

誰偷了我們
的食物？

　　這個奇異的上午，在一個接一個的奇異事件中結束了。正如我外婆説的那樣，下奇異雹的日子真是太好玩了！好玩得讓人不敢相信！

　　不過，現在我們有比探索奇異雹帶來的奇跡更重要的事，那就是——吃午餐！

　　上了一個上午的課，又跟操場上的拉鏈、課室裏的桌子鬥爭了那麼久，我的肚子早就空空如也，急需補充能量。

　　祈怪比我還着急，要知道小胖子一般都消耗大，還沒到中午，他的肚子已經像放進了一百隻青蛙一樣，咕咕地叫個不停！一般情況下，來我們班上第四節課的老師都不用戴手錶，只要一聽到祈怪肚子裏發出的聲音，就知道馬上要下課了。

　　於是，第四節英語課結束後，我和祈怪攜手並肩，一

溜煙跑到學校的小食堂，拎起餐盤朝擺放自助餐食物的位置走了過去。

「啊哈，都是我愛吃的！」我的眼睛掃過一個個菜盆。五彩肉絲、烤紅蘿蔔、五穀卷子，還有火腿豆腐五味湯。我盛了滿滿一大盤，和同樣端着「重量級餐盤」的祈怪一起找了張桌子坐下，開始享用我們的午餐。

「今天的午餐實在太對我胃口了，看！我盛得比哪天都多。」祈怪向我炫耀着他的餐盤。

「我也是，而且我還盛了好大一碗湯！」我們一邊討論今天上午發生的有關奇異雹的怪事兒，一邊狼吞虎嚥。

風捲殘雲過後，我發現自己「眼大肚小」的毛病又犯了。看着餐盤裏那麼多的剩菜，我打着嗝說：「祈怪，我吃不下了，你幫我吃點吧。」

祈怪滿嘴都是油，臉上又紅又亮，一看就知道也沒少吃。果然，他拍着西瓜一樣圓的人肚子，費力地搖着頭：「不行了，不行了，剛剛吃的那份烤紅蘿蔔，都快要從我的喉嚨裏跳出來了。」

看來，我們都貪心地拿多了菜。

這就麻煩了，生活課老師是要親自收餐盤的，誰剩的

食物多就會被扣上「鋪張浪費」的印章，扣掉一分，還會把下午三時的茶點給取消了。

哦不！我可不想被取消茶點！要知道，這時候的小點心和水果比午餐還要好吃呢！

「這可怎麼辦？」我用勺子敲着餐盤，吸引祈怪的注意，「我真的吃不下了，好撐啊！」

祈怪用筷子夾起盤子裏剩下的五彩肉絲，搖搖頭説：「別指望我。」接着他左右看了看，湊到我耳邊小聲説道，「祈異，要不我們把它們放在一起扔掉，怎麼樣？」

「浪費食物不太好吧……」我猶豫地説。

吃又吃不下，倒掉又不忍心，我現在就像面臨着一道非常複雜的選擇題一樣，在A和B之間難以抉擇。

忽然，我驚訝地發現，餐盤裏的剩菜竟然沒有了！

「剩菜呢？」我把盤子抬起來，上看看下看看、左看看右看看，別説剩菜，連一顆米粒都沒找到。我看着祈怪奇怪地問：「祈怪，你幫我把剩下的菜吃了嗎？」

「我絕對沒有吃！」祈怪用筷子點點自己的餐盤，「我自己的菜都剩……咦？沒有了？」

祈怪的話説到一半，也瞪大了眼睛，他的盤子居然也

在我們一眨眼的時候，變得乾乾淨淨了！

除了我們的飯菜，食堂裏陸陸續續地傳來了驚呼——

「我的飯菜怎麼不見了？」

「是誰喝光了我的湯，是誰？」

「啊！我專門留着最後吃掉的雞腿被誰偷吃了？」

「嗚嗚，還我紅燒肉！」一個一年級的小胖子甚至抹起眼淚來。

我轉轉眼珠，猛地用筷子敲了一下金屬餐盤：「我知道了！一定是你們這些盤子也被奇異雹擊中了吧！」

盤子們沒有回應，只是傳來一陣「嘎吱嘎吱」吃東西的聲音。過了漫長的十幾秒後，我的盤子終於開口了：「真好吃啊！」

「果然是中了奇異雹！」我和祈怪異口同聲地説道。

剛開始我還擔心，這些餐盤扁平扁平的，吃了這麼多食物會不會消化不良呢？要是它們都生病了，以後我們用什麼盛飯？

不過顯然是我多慮了，幾分鐘
後，小食堂裏就響起了盤子們愉快
的交談聲。它們興高采烈地聊天，
就像在開茶會一樣，一點兒不舒
服的樣子都沒有。

「啊！終於有機會吃到美味
的飯菜了。」

「是啊！每次看那些小孩偷
偷倒掉，我都好心疼啊！」

「沒錯沒錯，真應該讓他們感受一下，每天只能聞
不能吃的滋味。」

整個小食堂都是盤子們說話的聲音，它們七嘴八舌
地大聲議論，好像我們根本不存在似的。

雖然我也為自己差點兒浪費食物感到一絲愧疚，但
我無法容忍被無視的感覺。於是我也假裝一本正經地跟祈
怪說話，不過卻「不小心」放大了音量，以便能讓所有的
盤子都聽到。

「哎，祈怪，你說被奇異電擊中後，產生的這些奇
異現象要多久才會消失啊？」

71

「誰知道呢，可能永遠不會消失吧！」祈怪傻乎乎地撓撓頭。

這個回答正合我意！

於是我故意誇張地喊道：「哎呀！要是這樣的話，我們的餐盤就會永遠長着一張能吃東西的大嘴。這麼說來，它們以後肯定避免不了要喝很多很多的洗碗水了……」

「洗碗水？不要啊！我討厭洗潔精！」

「我也不想像螃蟹一樣吐泡泡。」

盤子們立刻慘叫起來，它們此起彼伏的叫聲逗得同學們哈哈大笑！

不過我猜同學們一定和我一樣，雖然嘴上笑着，但心裏已經發了誓：以後一定不再浪費食物，否則會再被餐盤嘲笑，那可真是面具店裏失盜——丟臉了！

吹波糖大王
要回宮

　　午餐過後我有點兒昏昏欲睡，大概是血液都跑到胃裏去運動了，所以大腦暫時缺氧。這個時候，躺在學校足球場柔軟的草坪上閉目養神，是最愜意的事情了。於是，我從吵吵嚷嚷的小食堂走出來，和祈怪又來到足球場上。

　　可惜，足球場旁邊被奇異電擊中的操場已經恢復了原貌。大游泳池不見了，地面也回復往日的塑膠跑道，這可真遺憾。

　　「我以為可以玩一天呢！」祈怪也失望地説。

　　「塑膠跑道一定是趁我們上課的時候，自己從蛋卷又變成了大薄餅！」我説着在上面跳了兩下，「真想看看它到底是怎樣把自己給拉得平整的，那場面一定很有趣！」

　　穿過操場，我們來到旁邊的小足球場。

　　這裏鋪着厚厚的草皮，看上去它們沒有什麼變化。被太陽曬過以後的草地又暖又軟，像一張巨大的牀墊，踩上

去舒服極了。

　　我和祈怪正一前一後地走在草坪上，祈怪忽然一個踉蹌撲到了我的背上，害得我差點兒摔倒在地上。

　　「你幹麼偷襲我？」我不滿地回頭問他。

　　祈怪滿臉委屈地說：「不要怪責我，是草地上有東西在拉我的腳！」

　　我低頭看看祈怪的雙腳，明明什麼都沒有啊，「你不會在跟我開玩笑吧？」

　　祈怪着急地說：「你再好好看看，說不定是⋯⋯不會是蛇吧？」

　　見祈怪嚇得臉色都變了，我急急忙忙彎下腰去幫他查看情況。

　　這樣認真一看才發現了問題，祈怪之所以走不動，是因為他的鞋底被一道長長的黑白相間的膠條牽住了！

　　經過我的再三觀察，我肯定地說：「祈怪，你的鞋底好像黏上了一塊吹波糖。」

　　沒錯，那是一塊原本是白色，現在卻變得黑乎乎的吹波糖。是誰這麼不衛生，把嚼過的吹波糖隨地亂吐啊！

　　想想看，其實這種現象經常會出現在街頭巷尾。馬

路邊、垃圾箱上，我甚至還曾在路燈柱上發現過一塊香口膠。這些隨便亂丟香口膠、吹波糖的人，簡直是一點兒公德心都沒有！

記得有一次我們全家去海邊玩，我正愜意地光着腳掌踩在柔軟的沙灘上，結果，腳底就黏上了一塊黏糊糊的香口膠，當時我的感覺就是恨不得能換一隻腳掌！

「學校裏也有不講公德的人，氣死我了！」我用小樹枝幫祈怪刮了半天，也沒法把吹波糖和他的鞋底分開。

「看來這塊嚼過的吹波糖，是吹波糖中的強力膠！」我摸着下巴分析説。

祈怪不甘心，他乾脆把鞋子脱下來，光着腳站在草地上，然後雙手緊緊拿着自己的鞋子用力地向後拉去！

就這樣，祈怪跟吹波糖展開了「爭奪戰」。

我猜，有強力黏性的吹波糖一定也和今天的奇異雹脱不了關係。

祈怪一邊拔一邊嘮叨：「奇異雹擊中什麼不好，非得擊中吹波糖！哎呀！我的鞋！」

我趕緊站到祈怪的身後，抱住他的腰幫他向後拉，順便糾正他：「不是奇異雹的錯，而是亂吐吹波糖的那個人

的錯！」

· 「對對對，都怪亂吐吹波糖的人。學校又不是沒有垃圾箱，多走幾步會累得趴下來嗎？真是太討厭了！」祈怪咬牙抱怨着。

「沒錯，太討厭了！」還沒等我接話，地上的吹波糖倒是先開了口，「你們兩個小學生還算懂點兒道理，就不為難你們了！」

説着，它「嘭」一聲鬆開了。

突如其來的放鬆讓還在用力的我和祈怪「骨碌骨碌」滾出老遠，我們兩個像保齡球一樣一直滾，撞到足球門框才停下來。

等我們好不容易坐穩了，吹波糖又一鼓一鼓地説起了話：「看來你們不是破壞環境的人。既然這樣的話，本王決定就由你們把我和我的臣民都抬回行宮吧！」

本王？臣民？行宮？

我和祈怪大眼瞪小眼，完全聽不懂吹波糖在説什麼。

「你們傻乎乎地愣着幹什麼，還不快點兒！」吹波糖不耐煩地吹了個大泡泡。

我撓撓腦袋，小心地問道：「請問你為什麼叫自己做本王啊？還有，你的行宮在哪裏啊？」

「我就説你們人類笨吧，還真是不聰明！」吹波糖軟塌塌地躺在地面上，懶洋洋地給我們解釋道，「我是你們學校第一塊被隨意吐在地上的吹波糖，所以自然就成為這裏的吹波糖國王！而且很不巧的是，你們每次大掃除，都沒有人發現我。」

　　它說到這兒，祈怪忍不住插了一句嘴：「你這麼黑，誰能發現你啊！」

　　「不許插話！」吹波糖又鼓了起來，因為鼓得太大，泡泡還「嘭」一聲爆開了。炸開的泡泡馬上又回復成一團。

　　「你們小孩子懂什麼，我是因為在外面待的時間長了才變黑的。你們如果天天在太陽下曬來曬去，也會變成黑人的！」

　　和一塊吹波糖講道理，大概和對牛彈琴一樣吧。於是我不再糾結這個問題，而是把第二個問題重新問了一遍：「那你的行宮在哪裏呢？」

　　「哎呀，你的腦子裏是不是也有吹波糖啊！」吹波糖國王不耐煩地說，「行宮就是我臨時居住的地方，也就是垃圾箱啦。」

　　「早說嘛！」我和祈怪忍不住都笑出來了。

　　搞得那麼玄乎，說來說去，不就是一塊想進垃圾箱的吹波糖嘛。

　　這下吹波糖國王可生氣了，要知道不管是什麼國王都是尊嚴至上的！於是它先是「劈劈啪啪」鼓出無數泡泡，

指責了半天奇異雹擊到自己是一種不尊敬。接着又拉長自己，指手畫腳地要求我們趕快送它和它的臣民回行宮。

「為什麼要讓我們倆來送你呢？」祈怪對這個黏着他鞋子的傢伙一點兒好感都沒有。

吹波糖國王憤怒地吹起了一個大泡泡。

「我不管，你們同類犯下的錯，你們就要來彌補！」接着它還威脅我們説，「要是你們不聽我的命令，我和我的臣民們會把你們全校師生都黏在操場上，讓你們跟我們一起經歷風吹日曬！」

根本停
不下來

被一塊小小的吹波糖威脅，我和祈怪可一點兒都不服氣。不過它說的話又似乎很有道理，我們根本無法反駁。

看來只能當自己在做好事，順便做一下「飯後百步走，能活九十九」的運動了。

「請問吹波糖大王，要怎樣才能把你和你的臣民都抬到行宮呢？」我才不要用手去拿它們，絕對不要！

見我們態度這麼好，吹波糖大王給我提供了一個簡單易行的好計劃：「首先需要兩輛專車，然後我來告訴你們我的臣民的分布地點，它們會自己上車的。」

這就好辦多了！我和祈怪趕快回課室拿來了兩個長柄垃圾鏟。

第一個坐上「垃圾鏟專車」的自然是吹波糖大王。它端端正正地坐在垃圾鏟的正中央，威風凜凜地指揮道：「向前十五步，左轉，繼續走七步，停！你，上來！」

聽到命令後，樹旁邊一塊被隨便丟棄的香口膠深鞠了一躬，然後一個彈跳，穩穩地落在吹波糖大王的身後。

原來當吹波糖大王的「專車司機」也不那麼難，只要按照指定的方向走上一圈，就完美地完成了這次清理吹波糖的任務。

我們帶着吹波糖國王和它的臣民們來到它們的「行宮」——垃圾箱，「垃圾鏟專車」裏發出了一陣歡呼聲。

「很好，本王要授予你們『王國忠誠護衛』的榮譽稱號，希望你們再接再厲，將這種護衛行動發揚光大！」吹波糖大王說完，用了一個精彩的跳水動作——前空翻三百六十度加轉體七百二十度落入了垃圾箱，沒有激起一絲塵埃。

「它的意思是，我們只要看見被隨意吐在地上的吹波糖和香口膠，就必須及時清理，是吧？」祈怪精準地領會了吹波糖大王下達的指令。

「完全正確！」我點點頭，「我覺得這是件好事。」

這當然是一件大好事！我和祈怪立即決定，以後每個月都要抽出專門的時間來清理吹波糖、香口膠，再額外清理街道上的小廣告。

把吹波糖國王和它的所有臣民們都送回行宮後，我和祈怪總算能安心地好好休息一下了。我們伸展開四肢，舒舒服服地躺在柔軟而暖洋洋的草坪上。

　　「真舒服啊！」我幸福地感歎着，然後慢慢閉上眼睛。

　　要知道，我們特意挑了塊陽光充足的地方，是準備盡情享受一次陽光午睡的。有了充足的睡眠，下午上課時才不會打盹。

　　我的睡意剛剛湧上來，就因為旁邊的祈怪翻了個身，整個午睡計劃就被破壞了！

　　誰會想到，看上去沒有什麼外部變化的柔軟草坪，其實也偷偷發生了變化。我這位胖乎乎的好朋友祈怪這麼一翻身，我竟然被猛地彈了起來。

　　沒錯，就是像彈牀一樣，我被彈了起來！

　　「祈怪！快抓住我！」我尖叫一聲，向祈怪伸出了手。可惜祈怪的反應實在是太令人遺憾了，等他張着大嘴驚訝地坐起來喊我的名字，並伸出手想要抓住我時，我早就飛得比大樹還高了。

　　「哎呀！」我手忙腳亂地在天上亂撲騰，還像動畫

片裏的人物那樣搧兩下胳膊，或者滑動幾下四肢。當然，結局並不可能像動畫片那樣美好，我根本沒有在天空中飛翔。撲騰了幾秒鐘後，我就開始下墜，眼看就要摔到草坪上了。

就在我咬緊牙關準備接受屁股摔傷的疼痛時，忽然發覺屁股一點兒都不疼，我也沒有受傷，只是「咚」的一聲陷進了草坪裏，然後「啪」一下又彈了起來，彷彿在玩彈力十足的彈牀！

當我再一次被彈上天空的時候，一隻手掌拍了拍我的肩膀。我扭過頭，看到祈怪也彈了上來。我們彈跳的方向恰好相反，我向上的時候，他正在墜落，等我往下掉的時候，他又彈了起來！

「祈異，這實在是非常奇異！」祈怪尖叫着掉了下去！

「沒錯啊，十分刺激！」我邊向上彈邊回應他。

很明顯，這片草坪具備了彈牀的功能，不用想也知道，肯定又是奇異雹的功勞。我們在變成彈牀的草坪上彈上彈下，根本停不下來。

「這奇異雹到底是什麼時候下的呀？」在天空中又一

次和祈怪擦身而過時，我向着他的背影喊道。

他墜落的時候才回答了我：「它大概是想什麼時候下，就什麼時候下吧！」

祈怪說得沒錯，這種難得的天氣狀況，當然是想什麼時候下就什麼時候下，想擊中哪兒就擊中哪兒，完全沒有規律可循了。

管他呢！我外婆說過，既來之則安之，與其胡亂猜測，過分擔憂，還不如放下顧慮，痛痛快快地享受這種奇異的天氣。

這麼想着，我再次降落下來時試着調整好姿勢，雙腿併攏，用力「嘭」的一聲踩到了富彈力的草坪上。這次彈起來的力量比前幾次更大，我雙手緊貼在身體兩側，把自己變成一顆流線型的流星，朝頭頂上的白雲堆衝去！

白雲摸起來
涼絲絲

　　我喜歡天馬行空的想像，曾經我想過，長大後我一定要去雪山打雪仗，到澳洲和袋鼠比跳高，想過嘗一口和馬戲團帳篷一樣大的包子，但我從沒想過會飛上天！

　　此時，我真的突破了風的干擾，徑直衝進了雲層。

　　「我來了！」我高喊着隨手在身邊一抓，一片白雲就被我握在手裏，緊接着我又驚訝地叫起來，「原來白雲是這樣的啊！」

　　我原來一直以為，棉花團一樣的雲朵一定是摸起來蓬鬆又乾爽，像羽絨枕頭似的。沒想到白雲竟然是濕漉漉的。它捏起來就像我們平時玩的水球，也就是裝滿水的塑膠袋。軟乎乎，涼絲絲，捏一捏還能感覺到裏面嘰哩咕嚕的有水在流動呢！

　　「啊哈，難怪白雲可以變成很多形狀。」我開心地施展出自己捏泥膠的本領，把飄來的一朵白雲揉來揉去，捏

成一個白胖胖的白雲「祈怪」。

　　剛捏完，白雲「祈怪」就脫離了我的手掌，慢悠悠地飛出去，「啪」一聲撞在正版祈怪身上，頓時綻放出一朵朵美麗的白雲水花，順便也把祈怪變成一隻落湯雞。

　　「祈異，你耍賴，我還沒準備好，你就用水球偷襲我！」祈怪不滿地甩了甩頭髮上的水。

　　「不是偷襲，是失手，我沒拿住！」我大聲解釋。

　　「還好和白雲撞在一起一點兒都不疼。」祈怪說着，也興趣盎然地抓了一團白雲捏成一個大圓球向我丟來，「看我的霹靂白雲彈！」

　　可惜他晚了一步，「霹靂白雲彈」被發射出來的時候，我已經開始往下降落了，它精準地錯過了我，卻把彈起來的潘朵朵給打了個正着。

　　這時我們才發現，這個有很強彈力的草坪已經不是我們倆的專屬遊樂場了，陸續吃完午餐的同學們也都跑過來，加入彈跳的隊伍中。

　　剛剛彈上來就被弄得一臉水，潘朵朵有點迷茫。直到我再次彈起來經過她身邊時簡單地解釋了一下，她才反應過來。

　　不過潘朵朵看上去一點兒都不介意，她臉上掛着水珠和一個美麗的笑容，露出兩顆小虎牙說：「好清爽啊！」

　　女生就是女生，她彈上天空後做的遊戲和我們男生可不一樣。

　　「打水球多野蠻啊，還是給皮膚補補水吧。」潘朵朵順手扯了一片白雲敷在臉上，白雲「噗」一下就消失了。剛才被風吹得有點兒乾燥的臉，如同施了魔法一樣，變得水潤光澤起來。

　　「哇！簡直比用了我媽媽的爽膚水還舒服！」潘朵朵驚喜地說。我們可沒想到，白雲不光能拿來當水球玩，還是天然好用的護膚品。

　　「要是讓我們的媽媽知道，她們一定會搭着梯子把白

雲都摘下來，塞進化妝袋啊！」我有點兒擔心地説。

「幸好她們不知道。」潘朵朵和祈怪一起飛上來説，「我們誰都不能説！」

沒錯，我打定主意，絕對不把這個秘密告訴媽媽。

我們玩得過癮，卻不知道在更多已經回到課室的同學眼中，我們都成為雜技明星了。

他們都驚訝地趴在窗邊看我們彈上彈下，把白雲水球扔得漫天飛舞，羨慕得口水流了一窗台。

「足球場地的草坪竟然還有這種玩法！」更多的同學尖叫着，爭先恐後地跑出來，都縱身跳到草坪彈牀上。頓時，學校上空飛滿了小學生。

在胖嘟嘟的雲朵中間，高矮胖瘦各不相同的學生忽上忽下。有同學模仿我們的樣子打起「白雲水球」，有的只是為了體會一下彈跳得和天一樣高的自由感覺。每個人的臉上都掛着笑容，看起來像一朵朵盛開的向日葵花。

看到一下子湧過來這麼多同學，本來我還有點兒擔心，我們這樣「浪費」白雲，白雲會不會很快就沒有了？不過經過我的細心觀察後，發現白雲絲毫沒有減少。因為我們抓下來一把，缺少的那部分馬上又會長出來。

　　然而，這麼奇妙歡樂的場面，老師們卻一點兒都看不見，就像他們看不到一個上午因為奇異雹而發生的所有奇異事件一樣。

　　「應該叫老師們也來玩一會兒，大人也應該適當放鬆心情。」祈怪投出一團白雲彈後對我說。

　　我一個右勾拳擊碎了撲面而來的白雲彈，甩了甩頭髮上的水珠：「老師們才不會來呢，他們這會兒一定都在辦公室裏睡午覺，我真懷疑大人們是不是來自『不睡午覺就會消失』星球的人！」

　　於是這個中午，我們全校同學都把時間放在草坪彈牀上。雖然沒睡午覺，但午休結束時，男生卻變得更精神，女生也變得更漂亮了。這都是涼絲絲、濕漉漉的白雲的功勞。

　　下午上課時，班主任老師看到我們個個神清氣爽，眼睛裏還閃着水汪汪的光澤，滿意地點點頭：「嗯，我早說過嘛，只有中午休息得好，下午才會精神煥發！」

　　老師們當然不會知道中午究竟發生了什麼，他們甚至不相信，世界上還有一種特殊的天氣，叫奇異雹。

學校樓梯
大變樣

今天下午第一節課，是我們全班同學有史以來上得最精神的一節課，老師十分滿意，還表揚我們特別「乖」。不過說實話，我們才不是乖，只是因為中午玩得太累了。

下課後，老師前腳剛走，祈怪就拉着我的胳膊把我扯離了座位：「走走走，祈異，跟我一起去廁所！」

「有沒有搞錯，上廁所還要拉上別人，你是女生嗎？我不去，別拉我！」我揮舞着胳膊不滿地大叫。

不過很快，我就對祈怪表示出一百二十萬分的感謝：「太謝謝你了，要不是你拉我出來，我絕對不會有這個大發現！」

我說的「大發現」就在學校的樓梯上，一節課不見，學校的樓梯居然變成了十幾條長長的大滑梯！

教學樓裏面就有這麼好玩的遊戲設備，那還等什麼？我立刻坐上去，「呼」一下從樓梯，不，是三層樓高的滑

梯上滑了下去！

　　那種快速下滑的感覺，和剛才彈上天空的感覺又不一樣，這個更加刺激。

　　「所以説——唔唔唔——呼！」祈怪也發着顫音滑下去，怪叫着，「這就是我的功勞，跟着祈怪有滑梯玩！」

　　「不要亂説！」滑到底後我站起來撇撇嘴，「這明明是奇異雹的功勞！」

　　我一邊跟祈怪鬥嘴，一邊手腳並用地往樓上爬去。

這次我們準備爬到教學樓最高層，感受一下長長滑梯的樂趣！

俗話說得好：「上山容易下山難。」但用到爬滑梯上，這句話就要完全反過來了。

不爬不知道，上滑梯，尤其是上一條沒有梯子的長滑梯，簡直比上天還難。我這句話說得一點兒問題都沒有，要知道今天我們只要輕輕在草坪上一跳，就上天了！

好不容易順着滑溜溜的滑梯爬到五樓，我們的胳膊和腿都快抖成麵條了。

「累死我了！」祈怪一屁股坐在走廊的地面上，「呼嗤呼嗤」地喘着粗氣。我也不比他強到哪兒去，扶着牆壁擦起汗來。

五樓是六年級的地盤，幾個剛走出課室的大哥哥大姐姐看到我們這個樣子，忍不住樂了：「看看，小孩子就是小孩子，上幾層樓就累成這樣。」

這話說得我很不服氣，我大聲反駁道：「我們才不是小孩子，有本事你們下去再上來試試！」

「我們天天都要上下樓的。」大姐姐奇怪地說，「也沒像你們這樣，累得坐在地上起不來啊。」

就在這時，一個鄰班的大哥哥從另一條滑梯爬上來，他在走廊上站直了身子，抹了抹額頭上的汗水說：「哎呀，今天的樓梯真的不好爬，不過倒是十分刺激哦！」

說着，他又坐在滑梯上「咻」一下滑下去了。

現在，那些剛剛下課還沒下樓的六年級同學才發現，學校的樓梯也遇上奇異雹，已經變成滑梯了。

於是他們立刻爭先恐後地湧過去，坐在不同的滑梯上，像子彈出膛似的滑了下去。我和祈怪豎起耳朵聽着，滑梯上不斷響起尖叫聲和歡笑聲。

「好像很好玩啊！」我對祈怪說。

「那我們滑不滑？」祈怪問我。

我承認我們之所以在這裏磨蹭了這麼久，其實是有點兒害怕這條超級長的螺旋滑梯。但見哥哥姐姐們玩得這麼開心，我嚥了嚥口水，「視死如歸」般喊道：「滑！為我們四年級的榮耀，衝啊！」

「衝啊！」祈怪跟着大喊一聲，我倆同時鬆開扶手，滑了下去！

「祈——異——啊——我飛——起來——啦啦啦！」祈怪「嗷嗷」地尖叫着，「真是——太——刺——激——

啦——」

沒錯，真是太刺激了！刺激得我完全都剎不住了。

不過幸好，作為滑梯的「配套設備」，一樓大廳的地面也很貼心地變得像充氣城堡一樣柔軟又充滿彈性。我們滑下來後在上面連着打了好幾個滾兒，一點兒都沒受傷。

好不容易搖搖晃晃地坐了起來，身後突然傳來一個聲音：「你們兩個同學是哪一班的？怎麼能在走廊裏打滾呢？」

我和祈怪回頭一看，慘了，居然被剛從教學樓外面進來的教務主任給抓到了。

我支支吾吾地不知道該怎樣解釋：「呃，那個……我們……」

「你們什麼你們？還不快點兒起……哎喲！」教務主任話沒說完，腳下一軟，也跟我們剛才一樣，坐了在地上。

他試了好幾下終於站了起來，晃晃悠悠地站直後，有些不好意思地跟我們道歉：「對不起啊，老師沒想到這地面這麼不平，摔倒打滾也不怪你們。放心，我馬上給工程部打電話，讓他們來整修地面！」

「整修？」我和祈怪互相看了一眼。很明顯，教務主任完全沒發現自己正踩在一個巨大的充氣堡壘上！

我其實很想把真實情況告訴教務主任，可他忙着掏出手提電話一邊給工程部打電話，一邊朝二樓的辦公室走去。

我們眼睜睜地看着教務主任在滑梯上，上一步退兩步，最後乾脆掛斷電話，雙手緊緊抓着樓梯扶手，靠着強大的臂力爬了上去。緊接着，二樓傳來了這樣一聲抱怨：「今天的值日生是怎樣擦地的？把樓梯擦得也太滑了⋯⋯」

「我明白了，大人們看到的景象和我們小孩子看到的，也許是不一樣的！在他們心中或者眼中，這些滑梯應該還是樓梯的樣子吧！」我遺憾地搖搖頭，和祈怪一起再次朝滑梯上爬去！

瘋狂
圖書館

今天是下奇異雹的日子，這個奇異雹不僅上午有，下午也有。

今天下午的最後一節課，是去學校圖書館上的閱讀課。要知道，這是我們最喜歡的課程之一。

我們學校圖書館裏的書籍種類繁多，不管是科幻故事、自然常識，還是童話寓言、漫畫，凡是適合我們小學生閱讀的那裏都有。

當然，上閱讀課的要求也很簡單，只要不亂跑亂竄、不隨意喧嘩，可以想看什麼就看什麼，想坐哪個位置就坐哪個位置，就算坐在地上都沒老師管！

所以我覺得，圖書館絕對算是學校裏最自由的地方。

「今天我要看《恐龍大冒險》！」我邊走邊盤算。

「我要借《天上下糖果》那本書，如果看不完，放學後還要借回家看！」祈怪説着，和我一起來到圖書館。

當我們站在圖書館門口探着身子往裏面看時，就知道，圖書館也被奇異電「洗禮」了！

　　走進圖書館大門，首先映入眼簾的是一棵高大的桉樹。大樹冠向四周伸展着，遮住了原本放在大廳正中央的書形雕塑。一隻呆頭呆腦的樹熊四肢緊抱着粗粗的樹幹，嘴裏叼着一片桉樹葉百無聊賴地嚼着，小黑豆眼睛還慢悠悠地掃視着我們。

　　這隻樹熊看起來好眼熟啊？

　　「我想起來了，這是動物大百科全書裏的插圖！」我剛説完，一根羽毛忽然掃過我的鼻子，害得我打了一個大大的噴嚏。

　　我揉着鼻子抬起頭，只見第一排書架頂上站着一隻大金剛鸚鵡，在陽光的照射下，牠合上的翅膀和長長的尾部羽毛一齊反射出五彩的光芒。

　　「太漂亮啦！」我剛讚歎了一聲，腳下的地面又一陣亂顫，伴隨着「嗒嗒嗒嗒」的聲響，像極了電視劇裏面萬馬奔騰的場面。

　　我環顧周圍，天啊，真的是萬馬奔騰啊！

　　只見一大羣斑馬從我眼前呼嘯而過，嚇得我旁邊的鴕

鳥「撲通」一下，把腦袋插進圖書館的花瓶裏。

「這是斑馬的遷徙，我看過那一章！」祈怪激動地拍着手説，「沒想到牠們出現在圖書館裏！」

如果在平時，那絕對是沒想到，但在下奇異雹的日子，這種場面看上去好像就不那麼令人驚訝了。

斑馬羣跑遠後，其他大大小小的動物都從地板下面、桌洞裏面、書架上面鑽了出來。牠們有的悠閒地散着步，有的淘氣地上躥下跳。

一頭大象看起來有些無聊，牠晃着自己的小尾巴走來走去，然後用長鼻子把樹熊抱着的桉樹給拔了出來。倒霉的樹熊根本不知道發生了什麼事情，還緊緊抱着樹幹，慢悠悠地嚼桉樹葉呢！

看着從書裏跑出來的「動物世界」，我的眼睛都快不夠用了。

「祈異！快來！」我看得正認真，祈怪突然喊起我來，我連忙小心翼翼地躲開各種動物，朝他所在的第二閱覽室跑去。

等我跑到第二閱覽室的門口，祈怪正興奮地向我招手：「快來快來，我請你看宇宙！」

這口氣可真是不小，一個小學四年級的男生要請別人看宇宙，説出去肯定沒人信！不過這是下奇異雹的日子，一切皆有可能。

我三步兩步躥到祈怪身邊，頓時被第二閱覽室裏溢出的絢麗光芒震撼了！

只見這裏出現的是宇宙星空的微縮景觀，漆黑的天幕上，星星們不再只是一點點亮光，而是一顆顆球體。它們有的是紅色，有的是黃色，有的表面坑坑窪窪，有的肚子上頂着奇怪的圖案。最美麗的要數那顆藍色的星球，那自然就是我們的地球了。

望着這一顆顆星球在屋子裏面轉呀轉，我們好像在看一場最精美的4D電影。

「知道嗎？這本書叫《宇宙真奇妙》，上一節閱讀課我剛看過！」祈怪自豪地説，「怎麼樣，壯觀吧！」

「書裏有沒有外星人？」我的問題還沒得到答案，就被幾個人推走了。

把我推出第二閱覽室的是以潘朵朵為首的幾個女生，她們把我拉到了第三閱覽室。

第三閱覽室關着門，裏面傳來「轟隆轟隆」的聲音。潘朵朵湊到門口小心翼翼地推開一條門縫，説：「祈異，我們想穿過第三閱覽室去第四閱覽室，可是，裏面好像在打仗。你的辦法最多了，你快看看！」

自從我幫潘朵朵的腦袋恢復正常，她就把我當成百事通了。當然，我也很願意在女生面前展示自己的本領。

於是我也趴在門縫上往裏面看了看。

不看不知道，一看簡直嚇了一大跳。只見這個閱覽室內大浪翻滾，毫不誇張地説，我們的一間閱覽室裝下了整片大西洋！

在浩瀚的大海上，兩艘大船正在對峙。炮彈飛來飛去，魚雷「嗖嗖」穿行，「轟隆轟隆」的聲音震耳欲聾！

「對準海盜船，開炮！」其中一艘船上，一位女將軍

發出命令，一枚自動導航的炮彈朝遠處掛着海盜標誌的大船飛去。

海盜船上的船員頓時慌了手腳，亂成一團！站在船頭的傢伙一定就是海盜王了，雖然他只有一隻眼睛，但看起來還是格外兇悍！

海盜王拔出佩劍，故作鎮靜地指揮着他慌亂的手下：「轉舵！快轉舵撤退！芭芭拉，你給我等着！我一定會找你報仇的！」

這下我放心了，看來，這艘海盜船的首領是「獨眼鷹海盜王」，而他的對手自然就是芭芭拉將軍了。

我擺擺手對女生們說：「別怕，這是《芭芭拉大戰海盜王》的童話書，是我最喜歡的書之一。」我告訴她們，這本書裏面有好多精彩的海戰，但都是小女孩芭芭拉夢中的景象，所以一點兒都不用害怕。

「是這本書啊，那我也看過，獨眼鷹海盜王其實很膽小的。」潘朵朵她們鬆了一口氣。我帶着她們一起走進第三閱覽室，穿過整片「大海」來到最後一個閱覽室。

剛走進第四閱覽室，女生們就尖叫起來。我還以為她們都被奇異電擊中，長出了尾巴，而尾巴又不小心被我踩

到呢！可是我仔細看了半天，什麼都沒發現。

弄了半天，引起尖叫的只是一些小房子。

「這裏有粉紅小熊的餅乾房子，簡直可愛死了！」潘朵朵這樣說着。

看吧，女生們就是愛誇張，可愛就可愛吧，還「可愛死了」。都死了，還怎麼可愛啊！我忍着笑，和她們一起在第四閱覽室參觀。

只見書中的粉紅小熊在餅乾房子裏進進出出，把一塊塊蜂蜜蛋糕砌成台階，用小紅莓果醬粉飾着牆壁，擦拭着仙草布丁做成的窗子……

只可惜，這些書中的景象只能看不能吃，害得我們口水差點兒流出來了。

天空
音樂會

我不得不說，在學校上了三年學，今天是我最開心的一天。單單這一節閱讀課，我就看到動物大遷徙，領略到浩瀚的宇宙星空景觀，觀摩到一場夢中的海上戰爭，還見識到一棟真正的餅乾房子！

圖書館裏的書輪流上演各種圖書劇目，直到放學的鈴聲響起，圖書館主任老師走進來，這裏才一眨眼恢復了寧靜。

看到四個閱覽室裏都坐滿了學生，老師欣慰地點點頭，說：「如果大家每天都這麼熱愛閱讀就好了！」

「如果老師也能看到剛才那些精彩的畫面就好了！」我偷偷歎了口氣。

今天是個神奇的日子，發生了很多神奇的事情。準確地說，是我們學校所在的這個地區，出現了奇異的天氣。

可惜，我們班居然不神奇地仍舊有那麼多作業！

　　哎，真不想背着這個可以媲美登山包的大書包走回家。別說我，就連祈怪那胖乎乎的寬肩膀，也快要被壓彎了。

　　放學後，我和祈怪剛走到教學樓門口，他突然停下腳步驚呼道：「哎呀糟了！我玩得太高興，忘記今天是我值日了！」

　　「那你去值日吧，我自己先回家了。」我扯了扯書包帶，腳底抹油準備開溜。

　　按照平時的經驗，我要是再多待一會兒，肯定會被祈怪這個愛偷懶的傢伙拉去幫他一起值日。令我意外的是，今天祈怪沒有一點兒想要拖我「下水」的意思，而是乾脆地揮了揮手，大喊一聲：「好啊好啊，不送不送！」轉身就跑回教學樓。

　　咦？祈怪同學能這麼主動地回去工作，那和大白天出月亮一樣不正常啊！不行，我得弄個明白。

　　想到這兒，我偷偷跟在祈怪的身後回到課室，趴在課室後門的窗子上往裏面一看，這才知道他為什麼那麼積極地回來值日了。

　　只見一把把掃帚穩穩地停在半空中，等待着值日生們

騎在它們身上，開始一段奇妙的魔法師掃地之旅。

「一、二、三……」我數了數掃帚，一共有六把。值日生有七名，所以最後跑回課室的祈怪只能用一柄拖把來充當自己的坐騎了。

原來這個傢伙是怕我搶他的飛天掃帚啊！

「有什麼稀罕的，說不定我能遇到更稀奇的事情呢！」我哼了一聲，走出教學樓。

不過說實話，我還是有點兒羨慕他們的。

回想一下今天遇到的各種奇異雹事件，不管是潘朵朵那方方正正的膠泥腦袋，還是躲進我們班課室避暑的氣球，不管是操場下面的大游泳池，還是趾高氣揚的吹波糖大王，好像沒有一件是直接發生在我身上的怪事。

唉……我也好想體驗一次被奇異雹擊中的感覺啊！一天馬上就要過去了，不知道還有沒有機會被擊到呢？

走在回家路上，我無意中發現，今天的天空太美了。雖然時間還沒到傍晚，但天邊已經布滿橘紅色龍鬚糖形狀的流雲，還有鋼琴、口琴、手風琴、提琴、豎笛、色士風樣子的晚霞，看起來像要舉辦一場大型天空交響樂演出似的。

　　似乎是為了印證我的猜測，這時天邊真的響起了一陣「叮叮咚咚」的前奏，接着，一個風一般輕柔的聲音從我耳邊滑過：「天空音樂會正式開始，請欣賞第一支樂曲《微風吹過我的耳邊》。」

　　一陣風吹過，我看見鋼琴晚霞上的琴鍵上下跳動了幾下，然後是小提琴的弓弦憑空拉了幾下，色士風上的按鍵也交錯着起伏了幾次，一段優美的旋律就這樣流動起來了。

　　我靜靜欣賞着這支曲子，腦海中慢慢出現了一片開滿野花的原野——

　　五顏六色的花朵與嫩綠色的小草手拉着手跳起了舞，空氣中瀰漫着淡淡的清香，蒲公英撐着降落傘飄散在半空中，像一個個小精靈似的頑皮地互相追逐。

　　很快，旋律發生了變化，由緩慢漸漸急促起來。原野上颳起了一陣旋風，花兒們脫離了枝條的牽絆，加入蒲公英們的行列中，歡快地上演一出踢躂舞劇。

　　又過了一小會兒，樂曲接近尾聲，花朵們重新撲進枝條的懷抱，蒲公英們也找到了新的家園，一切重歸寂靜。

　　「真是太動聽了！」我情不自禁地鼓起了掌。

「謝謝。」那個風一般輕柔的聲音又說道。

我前後左右看了看，周圍沒有人呀？

「誰在和我說話，是奇異雹嗎？」我問。

「哦，不，我只是恰巧被奇異雹擊中的東風。」那個聲音從我耳邊飄過，「我是天空音樂會的主持。你看不見我，不過，我隨時隨地都在你身邊。」

東風話音剛落，我胸前的紅領巾就朝着一邊飄了飄。

「祈異，你真健忘啊，今天上午在課室裏，就是我告訴你奇異雹不是冰雹啊！」

「啊，就是你在說話啊！」我猛然醒悟過來，難怪我當時沒有找到說話的人，原來它是一陣風！想到這裏，我不自覺地放低了音量，放緩了語速，生怕把身邊的風吹散了。

「我可真幸運，我從來沒和風說過話，也沒聽過天空音樂會。」

「彩霞們也從來沒演奏過！」東風說，「要知道，奇異雹出現的機會不多，我們今天把奇異雹運送到你們學校的那個位置，還真辛苦呢！」

我們對話時，天空的晚霞交響樂演出也在熱鬧地進行

着。

「嘟嘟——咚嗙！嘟嘟——咚嗙！」晚霞蘑菇彈跳着
發出了打鼓的聲音；「嘀哩哩哩——哩——」晚霞鳥兒們
開口哼出一段段和聲；「嗚——嚕嚕嚕嚕——叮叮噹！」
晚霞橫笛和晚霞小結他也加入了演奏。

我感覺自己被音樂包圍，連腳趾頭都蠢蠢欲動起來。
如果不是街道上和我一起行走的大人們投來怪異的目光，
我差點兒就在大馬路上跳起舞來呢！

好吧，我真替大人們難過，他們就不能放慢腳步，
仰起頭看一看天空中美麗的霞光嗎？就不能打開關閉的耳
朵，欣賞一下這場空前美好的交響樂演奏嗎？

在「天空交響樂」美妙的樂曲中，我蹦蹦跳跳地走到
我居住的地區。這回不會有大人奇怪了，在他們眼裏，我
只不過是那個每天自言自語、蹦蹦跳跳的小學生。

「好想看看奇異雹長什麼樣子啊！」我邊走邊對身邊
的東風説。

東風呼呼吹了口氣，「這個恐怕辦不到，奇異雹本來
就是看不見的，誰都看不見。」

見我有些失望，東風又在我的頭上吹了兩下，安慰我

說：「只要你能好好享受奇異雹帶來的快樂，並且喜歡它們就可以了。」

我喜歡，我當然喜歡這種天氣，我甚至希望天天都能下奇異雹呢！

喋喋不休
的書包

　　不知道是因為路上跑得太快，還是太累了，我覺得肩膀上的書包越來越沉重，好像背了一個大秤砣，不，像背着一座大山似的！

　　就在我步履維艱的時候，身後傳來一個粗魯的聲音：「放下，快放下！」

　　這聲音明顯不是溫柔的東風發出來的，我趕忙回頭去看，卻連半個人影都沒有。

　　「難道我的耳朵被奇異雹擊到，出現幻聽了？」我苦笑一下，自言自語，「我哪兒有那麼好運啊，還是趕快回家吧。」

　　走了沒幾步，那個聲音又響起來了。

　　「嘿！祈異，說你呢！你快把我放下來，我快要累死了！」這聲音口氣不小，脾氣挺大。話音未落，我感覺到後背的書包一陣亂晃，差點兒把我給摔倒了。

我這才反應過來，說話的是我的書包。

「耶！太棒了！我的書包也被擊中了，是我的書包哦！」我激動地歡呼着，把書包從肩膀上摘下來，放到路邊的椅子上。

看來我的運氣也不差，雖然奇異雹沒擊到我的腦袋，但擊到我的書包！我興高采烈地端詳着自己的書包，想看看它發生了什麼變化。

「看什麼看？沒見過我呀！」椅子上的書包「呼嗤呼嗤」地喘着粗氣說。

「我沒想到你會被擊中，這實在太意外了。」看着天天和自己朝夕相處的書包，此時口袋一張一合地說着話，我仍舊激動不已。沒錯，這不是書包拉鏈壞了，絕對是被奇異雹擊到的樣子。

「祈異啊，別只顧着高興了！」我的書包說，「你能帶我去減肥嗎？我覺得自己快要胖得喘不過氣了。」

「沒問題！」我一口答應。

上了這麼多年學，我的書包始終兢兢業業地為我服務，還從來沒求我辦過事呢。不過是減肥這麼一點兒小事，對我來說絕對是手到拿來，我怎能拒絕呢？

於是，我又背上書包，做了幾個拉伸動作後，開始在街道上跑起步來。

嘿嘿，呼呼！媽媽減肥的時候就是用跑步這一招。嘿嘿，呼呼！

跑了十分鐘，汗水濕透了我的後背，我的步伐也越來越沉重。我邊跑邊想：書包想減肥是對的，它確實是太重了！

終於跑不動了，我停了下來，彎着腰，雙手撐在膝蓋上調整呼吸：「你別着急，我們一會兒換個運動項目。我說做到，就一定能幫你減肥！」

「你確定這種鍛煉能幫我減肥？」我背上的書包將信將疑地問道。

「當然了，我媽媽靠鍛煉減了10公斤呢！」我拿出媽媽的真實案例説服它。書上不是説過，想減肥不能只靠節食，一定要適量運動。

想到這裏，我又背着書包來到公園的健身區。

轉扭扭盤、蹬阻力器、走踏步機、練單雙槓……健身區裏所有的健身器材都被我用了一遍。足足練了二十分鐘，那些下班的叔叔阿姨們都陸陸續續地回來，我才氣喘

吁吁地停下來。

「累死我了！這下應該能減不少重量了吧？」我氣喘吁吁地抱着書包來到附近的藥房，用那裏的電子磅量了一下。

啊啊啊！有沒有搞錯！背着書包的我不但沒有輕，反而還比早上上學前背着書包量的體重重了一公斤？

我探着腦袋問藥房裏的售貨員阿姨：「阿姨，我問一下，門口的電子磅是壞了嗎？」

「沒有啊，可準確呢！」阿姨笑咪咪地説。

慘了，這次真是越減越重了。我垂頭喪氣地坐在石凳上，絞盡腦汁地想原因。

「啊！我想起來了！我們今天多了一門自然作業，所以你才會變得更重的！」我對我的書包説。

書包非常不滿意地抱怨起來：「哼，我説嘛，都怪你，每天只知道往我的肚子裏塞塞塞，害得我不但胖了不少，還變形了呢！」

「可這不能怪我呀！」我也滿肚子委

屈。

「我不管！你這個紅蘿蔔紫菜湯，你這個臭蟲的大硬殼，我的體重一點兒都沒減！我再也不信任你了。」減肥失敗後，我的書包什麼都聽不進去了。它咆哮着、怒吼着，不但一點兒都不講禮貌，而且完全沒有要停下來的意思。

太不友好了，我得讓它先安靜下來。

但是我書包的口袋實在太多，我捂上放書本的大口袋，它就用前面那個放文具的小口袋說話。我捂上這個小口袋，聲音又從側面放水壺的口袋裏冒出來。

我還記得當初買這個書包時，媽媽看中的就是它的口袋多：「祈異，就要這個書包吧，它能把學習用品分門別類地放好，這樣顯得更整齊！」

我當時也覺得這個書包很棒，有拉鏈的小口袋正好放得下我的溜溜球！

現在，這個優點一下子變成了缺點，連放溜溜球的小口袋都在不停地說話：「胖了，我就不美觀，不美觀，上學和放學的路上就沒人看我了，我的自尊心很受打擊，

你到底知不知道……」

　　書包的怒氣不斷聽進我的耳朵裏，弄得我心煩意亂，腦袋都要爆炸了！

　　沒辦法，我只好從書包的肚子裏掏出一卷透明膠紙，仔仔細細地把書包的所有口袋都黏得嚴嚴實實，連一條縫隙都沒留下。

　　總算能安安靜靜地回家了。

　　回到家後，我進門的第一件事就是直奔自己的房間，把書包裏所有的東西都掏出來。課本、作業簿、筆記簿、文具盒、水彩筆、輕黏土，還有帽子、水壺和備用的雨傘。書包一點點扁了下來，雖然明天還得再放回去，但不管怎麼說，今晚我總算暫時幫它減肥成功了。

　　剛剛書包忙着「監督」我給它減負，這會兒它可算恢復了說話的權利。

　　我的屁股剛坐到椅子上，它馬上用剛剛解放的所有口袋一起連珠炮似的對我喊道：「祈異你這個淘氣鬼，你居然用透明膠紙黏着我的嘴巴，你要焗死我嗎？氣死我

啦，我氣得都要
爆炸啦！」

　　「對不起，我錯
了。」我的一張嘴怎麼
說得過它那麼多張嘴呢？
我只能耐心地解釋說，街
道上人來人往，它那樣大吵大
鬧不文明不說，看起來也太奇怪
了。

　　「親愛的書包，我也是為了你
的形象着想啊！」我輕聲細語地安慰
它。

　　「這樣啊，那好吧，就算你是好
心咯。」肚子空空、身體輕鬆的書包心
情總算好了一些，它決定「暫且原諒」
我。

　　「誰叫我偏偏是你的書包，還好我的肚量足夠大！」書包寬宏大量地説着，順便還提出了一個條件，「以後你每天放學回家後都要立即、馬上、迅速地給我減負！不然我就會爆炸，把你的書都炸到大街上，炸到下水道裏去！」

　　雖然這是看上去不太友好的威脅，但我不得不接受。因為這條件也不算過分，要知道我的書包確實太沉重了！

東風帶來的奇異雹

等我的書包心滿意足地安靜下來，我卻沒有一點兒寫作業的心情了。

「不知道祈怪現在的飛行掃除進行得怎麼樣呢？」我小聲嘀咕着。

要知道，自從去年學校安排我們看過一部關於魔法師的大電影《飛上飛下大魔咒》後，我一直希望自己有一天也能頭戴尖帽子，手持金魔杖，騎在掃帚上飛來飛去。

我越想心裏越癢癢，乾脆跑到洗手間去查看一下，萬一我家的掃帚也悄悄變成飛天掃帚呢？

然而事與願違，我家的掃帚安安靜靜地立在洗手間的角落，一絲發生奇跡的跡象都沒有。不光是掃帚，垃圾鏟、拖把、淋浴頭，洗手間裏的所有東西都跟平時一樣，一動也不動。

對啊，天氣預報裏已經說了，奇異雹是下在西北地區

東南部偏北方，也就是我們學校的位置，和我家可一點兒
關係都沒有。

正當我失望不已時，洗手間外卻傳來歡快的歌聲：

我是一個吸塵機，

吸塵本領強！

我會把這小房子，

吸得很乾淨！

吸完臥室吸客廳，

輪子轉得忙！

書架、門縫、櫥櫃頂兒，

變得明晃晃！

歌聲越來越近，好像已經來到洗手間門口了。

「媽媽回來了？爸爸下班了？」我撓撓頭自言自語，
「不可能啊！」

爸爸媽媽就算一下班就衝出辦公室，現在這個時間也
只能是在回家的路上。而且，我根本沒聽到開門的聲音，
他們絕對不會從十樓的窗子裏爬進來的。

那麼問題來了：家裏只有我一個人，我沒有唱歌，到底是誰在唱歌？

答案很快揭曉了，那個「歌手」鑽進洗手間，跟我來個面對面！

「你怎麼在這兒？」

「怎麼是你？」

我倆同時問道。

「我放學了啊！」

「我吸完塵來倒垃圾啊！」

我們又同時答道。

「噢……天啊！」我和它再次同步。

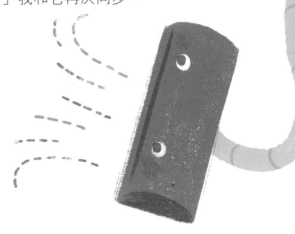

　　我無論如何都沒有想到，我家的吸塵機剛剛正唱着歌，自己打掃整個家！

　　「這不可能！你又不是我們學校的吸塵機！」我跳起來指着它問，「你説，奇異雹為什麼會擊中你？」

　　吸塵機朝客廳看了看，怯怯地説：「你進門時，一陣風吹進來，然後，我就發現自己會動了！」

　　一陣風？難道是……

　　「我覺得應該是東風。」吸塵機又説道，「要知道，我的金屬皮膚很敏感的，只有温柔的東風對我無害，遇上狂暴的西北風我會打噴嚏的！」

　　這下我明白了，剛剛送我回來的東風，那個天空音樂會的主持，它一定是把奇異雹的零星碎片吹到我家了！

　　太好了，我家總算也發生了奇異事件。

　　「這可真是件大好事！」見我高興地滿屋子亂跑，吸塵機「嗡嗡嗡」地跟了出來。

　　「祈異，你剛剛怎麼一副不開心的樣子啊？」吸塵機關心地問道。

　　「我被我的書包弄得煩透了……」難得遇到脾氣這麼好的物品，我打開話匣子，跟吸塵機大吐苦水，順便還批

評了祈怪這個傢伙不夠意思！

聽完我的話，吸塵機晃了晃，說：「想當魔法師這個願望太難了，但如果你想像魔法師一樣飛兩圈，我倒是能幫幫你！」

「真的？」我的眼睛頓時亮了起來。

「當然是真的，我跟掃帚也算是遠房親戚吧。」吸塵機回答道，「你要試試嗎？你可以坐在我的背上。」

「要試要試！」我點着頭，一邁腿坐在裝着吸塵機的方形盒子上。雖然這個座位不大，但坐我一個人還是綽綽有餘的。

「準備好了嗎？」吸塵機向我確認。

我緊緊摟住吸塵機揚起來的金屬杆，努力克制着澎湃的心情，說道：「隨時可以出發！」

「好，預備！出發！」吸塵機說着，發出一陣轟鳴。

我感覺屁股下面的盒子震動了幾下，緊接着，吸塵機緩緩升上了半空，帶着我朝敞開着的陽台窗子飛了過去。

「祈異抓緊，我們要出去啦！」吸塵機細心地叮囑道。

就這樣，我坐在吸塵機上飛出了窗子，很快就飛到城

市的上空。

我不知道那些大人們在下班回家的路上，如果看到一個小男孩騎着一部吸塵機飛在天上會有何感想？説不定他們會發生騷亂，説不定會驚動媒體和奇異國的總統，説不定會叫來消防員，然後擔心地大喊：「快救救那個孩子！」

其實，他們不知道我有多開心呢！

吸塵機開始加速，我們超過了地面上的一輛輛汽車，一溜煙就來到奇異國最高的建築物——奇異果大廈。

奇異果大廈足足有一百零一層那麼高，爸爸媽媽早就説帶我來參觀了，可總是因為工作太忙沒有時間。今天，我家的吸塵機竟然帶我來到這裏，説起來也挺好笑的。

「太刺激啦！」我抱着吸塵機興奮地哇哇大叫，要不是吸塵機的摩打聲蓋過我的聲音，奇異果大廈裏的人一定會奇怪地趴在玻璃上，看看是誰在這麼高的地方歡呼。

這部動力十足的吸塵機就像是新型的轟炸機一樣，加大馬力，「嗡嗡嗡」地朝大廈頂部飛去。跟它相比，那些什麼掃帚、拖把之類的東西，簡直成了原始社會的飛行器。

我們就這樣一飛衝天，很快就登上了奇異果大廈的頂樓平台。

站在平台上，我揉着被風吹得幾乎變了形的臉，俯瞰着這個我熟悉又陌生的城市。

地面上的一切變得那麼小，不管是人羣還是車輛，都像移動着的螞蟻似的！一盞盞路燈這時也接連亮了起來，跟居民家裏一片片的燈光連在一起，真的是一場美妙絕倫的燈光表演。

「太美了！真是太美了！」我一遍又一遍地讚歎着。雖然我的肚子裏灌了好幾口風，但我還是想感謝奇異雹，讓我的童年有這樣神奇的經歷！

爸爸媽媽
真可憐

趕及爸爸媽媽下班回家前，吸塵機帶着我安全地飛回家了。

「謝謝你！」我第一次擁抱吸塵機的長脖子。

「不客氣，我們是一家呢！」吸塵機謙虛地說完，「嗡嗡嗡」地回到陽台上屬於自己的角落裏。這時候，爸爸媽媽推門進來了。

直到吃晚飯的時候，我的興奮勁兒還沒過去。坐在餐桌前，我迫不及待地問爸爸媽媽：「爸爸媽媽，你們今天有被奇異雹擊到嗎？」

「這麼好的天氣，哪兒來的什麼冰雹啊？」媽媽順口說道。

我解釋道：「不是冰雹，是奇異雹。奇怪的奇，異形的異。」

「祈異，不要給冰雹胡亂起名字！」爸爸嚴肅地說。

　　我剛想說這名字根本不是我起的，媽媽忽然放下了手裏的筷子。她皺着眉頭，似乎在努力回想什麼：「嗯……奇異……雹？啊！我想起來了，是不是你外婆以前講過的那個童話故事？」

　　「對對對！」我點完頭又搖頭，「也不全對。那不是童話故事，而是真的！你們知道嗎，今天早上我和祈怪在早餐店吃東西的時候，聽到天氣預報裏說要下奇異雹，後來我們學校就真的下了奇異雹！結果，一塊巨大的樹葉劫持了老師的教案，操場的塑膠跑道下面還出現了一個大游泳池……」

　　為了證明我的話是真的，我把今天遇到的各種怪事——迷路的蝴蝶、潘朵朵的方腦袋、吹波糖國王、盛滿水

的白雲等等，全部都講給他們聽。

　　講完之後我還特意強調説：「它們都是被奇異雹擊中才變成這樣的，是不是很有趣？」

　　爸爸和媽媽饒有興趣地聽完我的奇遇，媽媽提出了一個問題：「兒子，你們今天的語文作業是寫一篇童話，對不對？」

　　「才不是呢，是抄寫生字和背古詩。」我回答。

　　「那是你們學校要舉辦講故事大賽，所以你在提前練習？」爸爸接着問。

　　「沒有！不是童話，也不是講故事，這些全是真的！真的！」我努力強調説。

爸爸看看媽媽，媽媽看看爸爸，他們沉默着用眼神交流了半天，最後，做出了我家今年的第一大決定：沒收我所有的童話書、漫畫書和動畫光碟。

「一定是這些胡思亂想的東西看得太多了，所以才會出現幻覺的。」爸爸篤定地說。

媽媽拍着我的肩膀，語重心長地說：「好兒子，你可不能變成不切實際的怪人。我們給你起名叫祈異，是希望你異常優秀，可不是希望你異常奇怪。」

「我才沒有異常奇怪呢！」我舉着雙手蹦起來高聲抗議，「你們不可以沒收我的東西！」

「抗議無效！」爸爸媽媽毫不留情，晚飯後，他們還聯手對我的電腦進行了「大掃蕩」，把有關幻想的網頁全都刪除了。

然後，媽媽很早就把我塞進被窩，然後摸了摸我的額頭，關切地說：「額頭倒是不燙，不過說不定是低燒。今天早點兒休息，不要胡思亂想了。」

「預祝你明天一覺醒來能徹底清醒。」爸爸看着我，一板一眼地像在說大會結束語。

爸爸媽媽離開我的臥室後，我終於長舒了一口氣。躺

在牀上，我怎樣都想不明白，大人們為什麼不肯相信我的話呢？

從今天早上在早餐店聽到天氣預報開始，我遇見的每個大人都在說——「沒有聽到什麼天氣預報啊？」、「沒聽說過奇異雹這種天氣現象！」、「今天是個大晴天，根本不會下冰雹。」

看來，我們小孩子經歷了一天奇妙事情的時候，他們真的看不見，也不相信有奇異雹這回事！

我歎了口氣，覺得爸爸媽媽真可憐，大人們也真可憐！於是，我越想越睡不着了。

我悄悄爬起來，輕輕推開窗子。晚風吹進來，帶着花草樹木的清香，月亮掛在樹梢上，向我笑了笑。

等等！月亮向我笑了笑？

我使勁眨了眨眼睛，再一次望向夜空，是真的，月亮真的在向我笑！

作為一個懂禮貌的好孩子，當有人對你笑的時候，你一定要跟人家打招呼。所以我立即趴在窗台上把頭探了出去，朝月亮揮了揮手：「你好啊，月亮！」

天上的月亮也朝我點點頭：「你也好啊，祈異！你為

什麼不睡覺呢？」

「我睡不着。」我盡量放輕聲音，也不知道天上的月亮能不能聽到。我可不想讓爸爸媽媽聽到我在跟月亮説話，不然他們説不定現在就要拉我去醫院了呢。

月亮又笑了：「其實你不用説出聲音來的，只要在心裏想就可以了，我能聽得到。」

哇，真的哦，我還沒有説，它就知道我為什麼不敢大聲説話了。

「真奇怪，你白天又不在，怎麼也被奇異雹擊中呢？」我心裏想着。

月亮搖了搖，「不，我沒有被奇異雹擊中，我本來就能聽到小孩子的心裏話。而你因為被奇異雹擊中了，所以才能聽得到我説話！」

「啊！我竟然也被擊中了？」這是我今天聽到的，最令我驚訝的一句話！

再見，月亮！

「我就知道，奇異雹的事情一定是真的！」我忍不住喊了一聲，然後馬上意識到不妥，連忙捂住自己的嘴巴，心裏想着，「但我又不明白，為什麼大人們不但看不見，還聽不到呢？」

月亮無奈地搖搖頭，溫柔地說：「只有願意相信奇異雹的人，才能遇到奇異雹。」

原來，大人們小時候也經歷過下奇異雹這樣的快樂日子，但他們長大得太快，快到丟失了好多寶貴的東西，而自己都不知道。

「就像這些童年的美好回憶！」月亮歎了口氣說，「說真的，這可確實有點兒糟糕。」

「但為什麼外婆還記得？」我還是有點兒疑慮，「外婆不是更大的大人嗎？她已經89歲了！」

提起這件事時，我忽然特別想念外婆。爸爸媽媽最近

工作忙，已經好幾個星期沒帶我去看外婆了。

月亮可真貼心，它見我莫名地傷感起來，連忙指揮身邊的小星星們一起拼出了一幅巨大的照片。照片裏，外婆微笑着坐在長椅上，懷裏依偎着纏着她講故事的我。

然後，月亮繼續輕聲細語地說道：「隨着人們的年齡越來越大，做大人時的事情就會逐漸遺忘，童年的事情反而又被想起來了。所以別看這些老人的外表是老人，但內心卻變得像小孩一樣。所以才會有個詞語叫『老小孩』嘛！」

聽起來好像有點兒複雜，不過我明白了。這麼說，我們這麼久沒去看外婆，外婆一定很難過，就像我上幼稚園時，總是等不到來接我的爸爸媽媽一樣難過。

「這個周末，我一定要去看外婆，還要給她講我今天遇到奇異雹的事情！」我在心裏暗暗定下了計劃。

不知不覺和月亮聊了好久，我才發現，時間真的不早了。

「謝謝你和我聊天，還告訴我這麼多事情，今天能遇到奇異雹，我覺得很滿足。」我向着月亮揮了揮手，小心地關上了窗戶。

月亮微笑着朝我點點頭，把月光灑進我的房間裏，讓我的房間看起來那麼漂亮，像建在月宮裏一樣。躺在灑滿月光的牀上，我迷迷糊糊地閉上眼，很快就掉進一個彩色的夢裏⋯⋯

不知過了多久，太陽升起來，臥室門外傳來媽媽喊我起牀的聲音。

我一骨碌從牀上爬起來，看到自己的書包端端正正地坐在桌子上，各種課本、作業簿散亂地堆放在它的周圍。

「糟糕，忘了寫作業！」我立刻從牀上跳到地上，邊穿衣服邊責怪書包，「你為什麼這麼不負責任，也不提醒我一下寫作業的事。」

書包沒有回話。

它看起來那麼安靜，像個膽小的女生，根本不像昨天那個囉嗦個沒完、脾氣壞得不得了的書包。

我輕輕用手指戳了戳它，它沒有發出一點兒聲響。我這才反應過來，奇異雹的功效已經消失了。雖然有些遺憾，但我還是繼續換好衣服，收拾好書包出了房間。

媽媽關切地問：「祈異，你覺得好點了嗎？」

「我一點事兒都沒有，壯得像一頭熊！」我邊說邊揮

舞着胳膊，做了個強壯有力的動作，「但是，我想念外婆了。」

媽媽臉一紅，跟我保證說：「這個周末，這個周末無論如何我們都要去看外婆！」

「太好了！」我擁抱了媽媽一下，然後在祈怪的喊聲中跑出了門。

我倆一起去「今天肯定有好心情早餐店」吃早餐，邊吃邊豎着耳朵，滿懷期待地等着聽天氣預報。可惜今天的天氣預報很平常：天氣晴朗，溫度適宜，無雲無雨有微風，絕對算是個好天氣。

看來，奇異雹事件真的就這樣無聲無息地過去了。

學校裏一切如舊，操場好好的，草坪好好的，樓梯好好的，潘朵朵的腦袋好好的，天上的白雲也好好的。這也太正常了，我甚至懷疑，昨天發生的事情是真的，還是我做的一個長長的夢呢？

直到語文老師拿着課本走了進來，我才眼睛一亮！

咦？不對！只有課本，沒有教案？

語文老師走上講台後說的第一句話是：「你們這些小調皮，有誰看到我的教案了？」

　　她的話音剛落，只聽到「啪嗒」一聲，一樣東西從天花板上面掉了下來，直直地落在講桌上。我們一起看過去，那不正是老師的教案嘛！

　　語文老師抬頭看了看天花板，自言自語：「教案怎麼從天花板上掉下來了？一定是我睡眠不足，出現幻覺了。看來中午得好好補個午覺才行。」

　　我們都使勁捂着嘴，強忍着不讓自己笑出聲，生怕一不小心把昨天的事給説出來。

　　窗外，鮮花盛開着，在微風中跳着舒緩的舞蹈。一隻蝴蝶飛過窗前，對我眨了一下眼，停留了三秒鐘⋯⋯

　　　　＊　　　　＊　　　　＊　　　　＊　　　　＊

　　到這裏，我這篇很長很長的日記也該結束了。對了，我突然想起，昨天的時間比平時要長出好幾倍，這一定又是奇異雹的功勞。但大人們一定感受不到，在他們眼中，昨天只是跟平時一樣的一天。

　　大人們有時候就是這樣，本來很奇妙的事情，他們就算看到了，感受到的也不一樣。就像我們的學校地面變成

柔軟的充氣城堡時，他們走起路來雖然也搖搖晃晃，站立不穩，但他們更願意認為，這是瓷磚地面凹凸不平，需要抹點水泥了！

「為什麼大人們的思維那麼固定呢？」我這樣問外婆，「當然，除了您這樣的老小孩！」

外婆坐在搖椅上搖啊搖，笑着說：「也許他們太忙了，腦子裏裝了太多東西，阻礙了大腦的運轉吧！」

外婆說她年輕的時候也是對奇異雹視而不見。慢慢地隨着年齡的增長，她腦袋裏裝着那些繁雜、亂七八糟的事情都被丟掉，空出很多地方，所以就能和我們小孩子一樣，有足夠的空間和時間，重新發現「奇異雹」了！

我猜，我們國家的名字不是一個小孩子起的，就是一位老人家命名的！反正，絕對不會是不小不老的大人。

如果你也覺得我們奇異國很有意思的話，歡迎隨時來做客哦！

雖然下奇異雹的機會太少了，你不一定能夠遇見，但我們還有別的呢。比如奇異雨、奇異雪、奇異風、奇異火山噴發什麼的。這裏的每一樣天氣變化，用我89歲的外婆的話說都是：「哎呀，那簡直好玩得不得了！」

古怪國不思議事件 1
奇異雹的神奇力量

作　　者：段立欣

繪　　圖：吐紙超人

責任編輯：楊明慧

美術設計：劉麗萍

出　　版：新雅文化事業有限公司

　　　　　香港英皇道499號北角工業大廈18樓

　　　　　電話：（852）2138 7998

　　　　　傳真：（852）2597 4003

　　　　　網址：http://www.sunya.com.hk

　　　　　電郵：marketing@sunya.com.hk

發　　行：香港聯合書刊物流有限公司

　　　　　香港荃灣德士古道220-248號荃灣工業中心16樓

　　　　　電話：（852）2150 2100

　　　　　傳真：（852）2407 3062

　　　　　電郵：info@suplogistics.com.hk

印　　刷：中華商務彩色印刷有限公司

　　　　　香港新界大埔汀麗路36號

版　　次：二〇二一年八月初版